KB114702

FUSION FANTASTIC STORY

김대산 장편소설

완빤치

완빤치 6

김대산 장편소설

초판 1쇄 찍은 날 § 2016년 9월 22일
초판 1쇄 펴낸 날 § 2016년 9월 29일

지은이 § 김대산
펴낸이 § 서경석

편집책임 § 이지연

펴낸곳 § 도서출판 청어람
등록번호 § 제387-1999-000006호
등록일자 § 1999. 5. 31
어람번호 § 제1-2529호

주소 § 경기도 부천시 원미구 부일로 483번길 40 서경B/D 3F (우) 14640
전화 § 032-656-4452 팩스 § 032-656-4453
http://www.chungeoram.com
E-mail § chungeorambook@daum.net

ⓒ 김대산, 2016

ISBN 979-11-04-90978-8 04810
ISBN 979-11-04-90822-4 (세트)

FUSION FANTASTIC STORY

김대산 장편소설

완빤치

6

도서출판 청어람

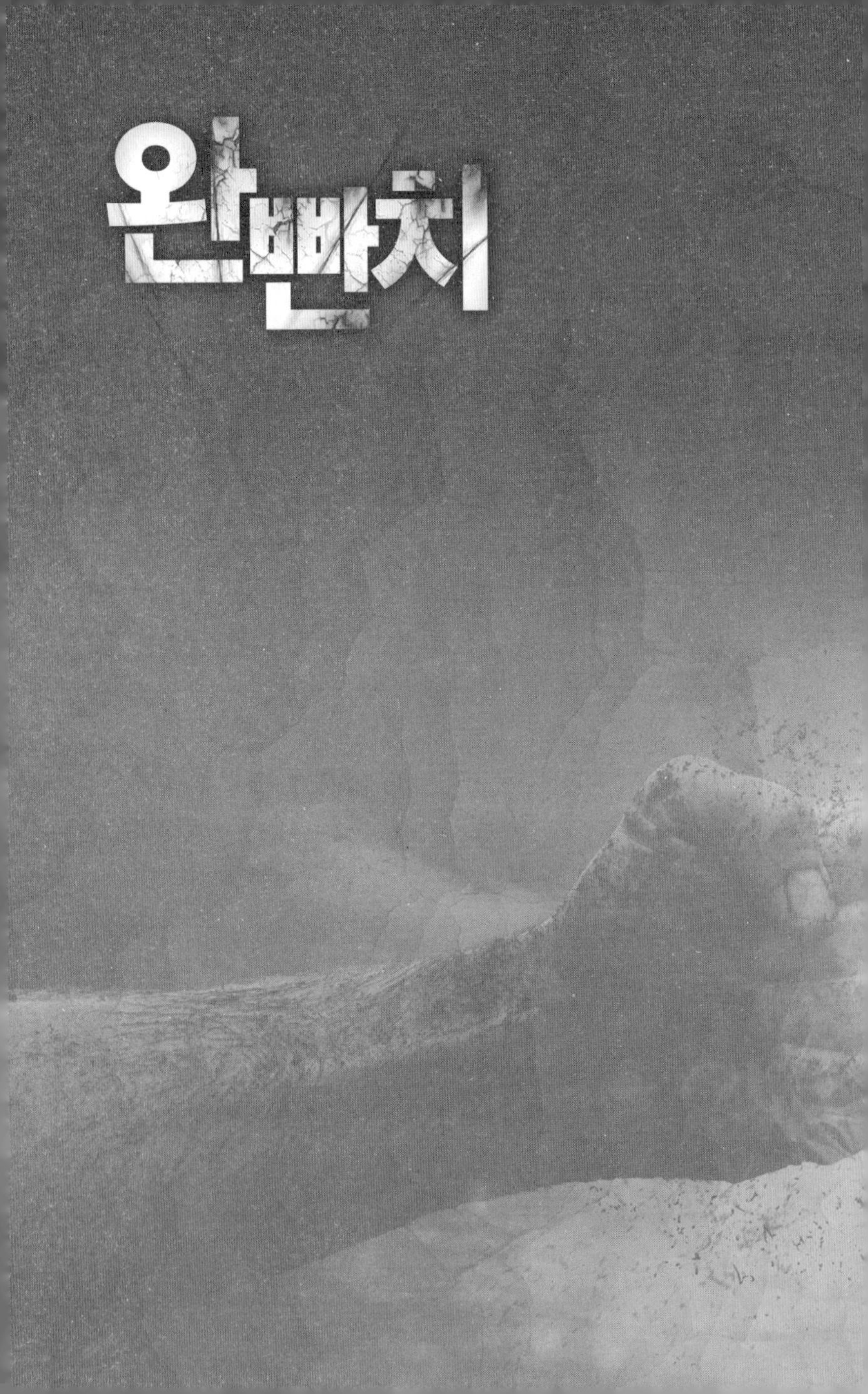
완빤치

CONTENTS

제5장
탐색

매섭이와 영감이

안승조는 이미 제법 취한 모습이다.

철민 역시도 그가 주량이라고 정해놓았던 한계를 한참이나 넘겼을 만큼 많이 마신 상태다.

다만 그는 아무래도 술이 또 많이 세진 느낌이다. 아직껏 버겁다는 느낌은 들지 않고 있으니 말이다.

그는 그저 취기에 젖어들고 있었다. 느긋하게!

"손님! 이러시면 안 됩니다!"

갑작스럽게 바깥이 소란스러워졌다. 남자 종업원이 누군가를 제지하는 모양새다.

이어 거나하게 취한 듯한 목소리가 들려온다.

"야, 자식아……! 안 되긴 뭐가 안 된다는 거야……? 영주라는 그 아가씨… 우리 영감님께 잠깐 인사만 좀 시키겠다는데… 그게 왜 안 된다는 거냐고……?"

그러나 카랑카랑함에 그 목소리는 짐짓 취한 행세를 하는 것처럼 들렸다.

종업원이 숫제 사정조로 말한다.

"그 아가씨는 지금 다른 손님을 모시고 있는 중이라고 말씀드리지 않았습니까?"

"아, 이 자식이 참……! 그러니까… 내가 직접 양해를 구하겠다고 하잖아, 인마……?"

"손님! 자꾸 이러시면 정말 곤란합니다!"

"뭐… 곤란해……? 너 지금 곤란하다고 그랬니……? 근데 이 새끼가……? 야, 이 새끼야! 너, 나 몰라? 내가 누군지 모르냐고……? 새끼가 확 모가지를 비틀어 버릴라……?"

바깥의 소란은 점입가경으로 접어드는 듯했다.

삐리~ 릭!

상 밑의 인터폰이 울렸다. 안승조가 곧장 받았다. 그런데 그는 잠자코 듣기만 하더니 설핏 표정이 굳어진다. 수화기를 원래의 자리로 돌려놓고, 그가 조심스럽게 말을 꺼낸다.

"여기 지배인이 죄송하다며 양해를 구해왔습니다. 지금 밖에서 소란을 피우고 있는 자는 이곳 일대 조직 폭력단의 보스인데, 오늘 마침 관할 검찰 지청의 부장검사를 접대하러 온 모양입니다. 그런데 그 부장검사란 인물이 그간 이곳에 몇 차례 드나들면서, 저 아가씨하고 얼굴을 익혔던 모양인데… 갑자기 저 아가씨를 봐야겠다고 저렇게 소란을 일으키고 있는 거랍니다."

안승조가 눈짓으로 가리키는 '저 아가씨'는 한복이였다.

철민이 뭐라고 말을 받기도 애매했는데 안승조가 한복이를 향해 가볍게 고개를 끄덕인다.

한복이가 입을 샐쭉거렸다. 그러나 이내 아쉽다는 듯이, 자신은 결코 원하지 않지만 사정이 이러하니 어쩔 수가 없다는 듯한 표정을 지으며 자리에서 일어선다.

한복이가 나가면서 방문이 잠깐 열리고 닫힌다.

그 짧은 순간 철민은 퍼뜩 바깥에 서 있는 웨이터 차림의 남자 종업원 셋과 또 정장을 갖춰 입은 세 명의 손님을 볼 수 있었다.

철민은 짐작해 본다. 우선 중키의 호리호리한 몸매에다 설핏 보기에도 매서운 인상을 지닌 40대 초중반의 사내는 아마도 조폭의 보스라는 자일 것이다. 그리고 그 한 걸음 뒤에 호위하듯이 선 두껍고 단단한 몸매에 투박한 인상을 지닌 30대 후반쯤의 건장한 사내는 부하?

마지막으로 정장에 반코트를 입은, 얼큰히 취한 듯 조금씩 몸을 건들거리고 있었지만 그럼에도 중후한 인상의 50대의 중년 신사야말로 검찰 지청의 부장검사라는 높은 양반일 터였다.

"어머! 영감님 오셨어요?"

닫힌 방문 너머로 한복이의 애교가 듬뿍 담긴 목소리가 들린다. 그리고 철민은 습관처럼 작명 센스를 발휘한다. 참 쓸데없는 짓이란 생각을 스스로 하면서도!

조폭 보스는 매섭이!

부하는 투박이!

부장검사는 영감이!

마지막 '영감이'는 방금 한복이의 말에 즉시 딴 것이었다. 다만 '영감님'을 불손하게도 '영감이'로 바꾼 것은, 아무래도 부정적인 선입감이 작용한 것이다.

"삼촌! 우리 영감님 어디로 모시면 되죠?"

"B동 국화실입니다!"

한복이와 남자 종업원 간의 대화가 빠르게 이어졌다. 그리고 다시 한복이의 애교 섞인 목소리가 들린다.

"영감님! 모실게요! 저와 함께 가세요!"

그러자 중저음의 목소리가 받는다.

"아니… 아니지! 이렇게 되면, 우리가 무슨 행패를 부린 것처럼 되어버리잖아? 어이, 조 사장, 안 그래?"

사뭇 위엄이 있는 그 목소리의 주인공은 필시 '영감이'일 터다.

"예……! 영감님 말씀을 듣고 보니까, 그게 또… 그런 것 같습니다!"

비위를 맞추는 카랑카랑한 목소리는 '매섭이'였다.

영감이가 다시 받는다.

"어쨌든 우리가 실례를 범한 건 맞는 것 같단 말이야! 그렇지, 조 사장?"

"예~ 영감님!"

"그럼, 어떻게 해야겠어?"

"예? 저야 뭐… 영감님께서 하라시는 대로 할 뿐입니다. 어떻게 하면 되겠습니까? 말씀만 하십시오!"

"흠! 실례를 했으면, 정중히 사과를 해야지!"

"사과를… 말씀입니까?"

"자! 가자고! 들어가서 안에 있는 양반들에게 사과주라도 한 잔씩 부어드리자고! 아주 정중하게 말이야!"

철민의 이마가 가볍게 찌푸려진다. 이런 걸 두고 '꼬장'이라고 하던가? 듣자 하니 영감이는 지금 철민과 안승조에 의해 심기가 불편해진 모양이다. 한복이를 선점한 데 대한 불쾌감일까?

"아이, 참! 우리 영감님 오늘 많이 취하셨나 봐? 아이, 추워 죽겠어요! 얼른 우리 방으로 가요! 제가 아주 찐하게 권주가를 불러드릴게요!"

한복이는 재빨리 수습해 보려는 모양이었다. 그러나 이어지는 영감이의 목소리는 사뭇 고집스럽기까지 하다.

"어허! 그건 아니지! 사람이 실례를 했으면, 사과를 하는 게 도리지! 그리고… 저 안에 있는 손님들하고 나하고 아주 인연이 없는 사이도 아니잖아? 저쪽도 너하고 놀았고, 나도 너하고 놀아봤으니, 그게 벌써 보통 인연은 아니란 거지! 안 그러냐?"

"어머! 영감님도… 참? 근데… 영감님! 자꾸 이러시면 제가 정말 곤란해져요. 그러니까 저를 생각해서라도 얼른 우리 방으로 가요!"

한복이는 어떻게든 영감이를 말려보려는 모양새였다.

그러나 영감이는 영 불통이다.

"어허! 너, 자꾸 토 달면 확 차버린다? 이봐, 조 사장!"

"예, 영감님!"

"뭐 하고 있어, 앞장서지 않고?"

"예! 알겠습니다!"

드르륵!

방문이 열렸다.

"실례 좀 합시다!"

두꺼운 어깨를 비스듬히 세우고 들어선 이는 투박이였다.

안승조가 힐끗 철민을 쳐다본다.

철민은 안승조의 눈길에서, 그가 이 당황스러운 상황을 자신에게 넘기려는 듯한 느낌을 설핏 받는다. 사뭇 당황스러웠다.

그가 안승조에 대해 가지고 있던, '그래도 국제 용병 조직인데 이런 종류의 소란 정도는 어떻게든 간단히 해결하겠지!' 하는 기대치가, 일순간에 무너지고 마는 기분이다. 아무리 상대가 부장검사에다 조폭 보스라고 해도 그렇지 말이다. 그런 실망감 내지는, 조금은 더 지켜보자 하는 생각에 철민은 오히려 큰 고민 없이 고개를 가로저어 주었다.

"무슨 일이신지……?"

안승조가 마지못한 듯, 혹은 위축된 듯 투박이를 향해 물었다.

투박이가 싱긋 웃어 보인다. 그러더니 다시 날카로운 눈빛으로 껄렁하게 뱉는다.

"내가 본래 말이 짧아서 길게 말하지는 못하겠고, 우리 잠시 인사나 좀 틉시다!"

"무슨 말씀이신지……?"

안승조가 당황스럽게 받았다. 그러자 투박이의 얼굴이 대번에 험하게 변하며, 나지막하게 으르렁거린다.

"어이, 당신! 한국말 못 알아들어? 니미! 대충 그런 줄 알아
들으면 될 거 아냐? 그리고 벌써 다 들었을 거 아냐? 우리가
모시고 온 분이 실례했다고, 사과를 하겠다고 하시잖아? 그러
니까 잠깐 좀 들어가겠다고! 알아들었어?"

기세에 눌리고 말았다는 건지, 아니면 사뭇 곤란하다는 건
지 안승조가 다시금 철민을 쳐다본다.

철민은 답답해지기 시작한다. 더불어 슬며시 화가 치밀기도
한다. 그런데 철민과 안승조가 보이는 잠시간의 침묵을 투박
이는, 그들에게 조금의 이의도 없다는 것으로 받아들인 모양
인지 바깥을 향해 돌아서며 허리를 숙인다.

그리고 그것을 이어받듯 매섭이가 다시 영감이에게 허리를
숙인다.

"들어가시죠! 영감님!"

영감이가 흐뭇한 듯 웃으며 한복이를 향해 한 손을 벌려 보
인다. 부축을 하라는 것이리라.

흘깃 철민과 안승조를 보는 한복이의 얼굴에 당혹스럽다는
빛이 역력하다. 그러나 그녀는 이내 체념한 듯, 영감이를 부축
한다.

안승조가 엉거주춤 일어선다.

철민도 따라서 몸을 일으킨다. 그는 내처 방을 나가 버릴까

생각한다. 그러나 그런 그의 생각을 눈치채기라도 한 듯, 투박이가 방문 옆을 지키고 서 있었다.

한복이의 부축과 또 매섭이의 호위를 받으며 방 안으로 들어선 영감이가, 당연한 듯 안쪽 가운데 자리를 차지하고 앉는다. 그리고 제 옆에다 한복이를 앉힌다.

이어 매섭이가 영감이의 맞은편으로 자리를 잡는다.

그 더러운 입으로 한마디만 더 하면

"자자! 그리고 있지들 말고, 다들 앉으십시다!"

영감이의 그 말까지 있고 나자, 이제는 완전히 영감이 일행이 방의 주인이 되었고, 철민과 안승조는 졸지에 손님이 되어 버렸다.

안승조가 철민에게만 보이도록, 어쩔 수 없다는 뜻일 눈짓을 보낸다. 그리고 그는 엉거주춤 매섭이의 옆에 자리를 잡는다.

그 바람에 철민 또한, 일단은 영감이의 옆으로 자리를 잡고 앉는다.

이어 투박이가 매섭이에게서 조금 떨어져 앉았다.

그런데 그때였다. 문득 상 가까이로 다가오는 한 사람이 있었는데, 바로 블랙이었다.

그러고 보니 그녀는 잠시간 모두의 관심에서 비켜나 있었던 것 같다. 아마도 영감이 등이 방으로 들어올 때부터 한쪽 구석으로 멀찌감치 물러난 채 내내 조용히 서 있었던 까닭일 것이다.

모두의 시선이 일시 블랙이에게로 집중된다.

특히 영감이와 매섭이 등 이제야 블랙이의 진면모를 확인하게 된 사내들의 시선은 빠르게 뜨거워지는 것 같다.

아마 그들 역시 철민이 처음에 블랙이에게 느꼈던 것들을 그대로 느끼고 있는 것일까?

콜라병처럼 강조된 몸매, 고무공 같은 탄력, 요염, 도발, 그리고 다시 차갑고 무표정함 주는 반전적인 도도함 같은 것들 말이다.

모두의 시선을 누리며, 혹은 무시하며 블랙이는 철민의 곁으로 와서 앉는다. 아주 바짝!

그녀의 그런 태도는 마치 자신의 임무가 여전히 철민을 수발하는 것이라는 것을 모두에게 분명히 인지시키려는 것처럼도 보인다.

철민의 맞은편에 있는 매섭이의 입가에 언뜻 엷은 조소가 번진다. 그리고 그의 시선은 이제 아주 노골적으로 블랙이에게로 고정된다.

그러나 블랙이는 내내 무표정하기만 하다.

그 바람에 애꿎은 철민까지 눈총을 받는 처지가 되고 만다. 우선 투박이가 그를 향해 사뭇 험악한 표정을 지어 보였다.

철민은 난감했다. 그러나 싫지는 않았다. 뭐랄까, 난감함을 오히려 즐기게 되는 느낌이랄까?

얼큰해진 취기도 어느 정도 작용하고 있는 것이리라.

"이거 술이 영 마땅치 않구만!"

영감이의 그 한마디는, 블랙이를 중심으로 사뭇 험악해져가던 분위기를 일시에 해소시켰다.

매섭이가 즉시 일어나 진열장으로 간다. 그리고 양주 한 병을 골라 온다.

"이거 어떠십니까?"

"어, 그래! 그게 좀 낫겠군!"

영감이가 고개를 끄덕인다.

매섭이가 얼른 술병의 마개를 딴다. 그리고 영감이에게 한 잔을 따르려는데, 영감이가 가볍게 고개를 젓는다.

영감이가 철민과 안승조에게로 시선을 주며 묻는다.

"그런데 뭐 하는 분들이시오?"

"그냥… 자그마하게 사업을 좀 하고 있습니다."

안승조가 먼저 대답을 했다.

"호오? 사업이라……! 사업을 꽤 크게 하시는 모양이네? 이런 데를 쉽게 출입하는 걸 보면? 뭐, 일단 그렇다고 치고, 이쪽 분은?"

그런 것도 직업병일까? 영감이의 말투는 다분히 심문을 하는 것 같다.

그러나 기왕에 안승조가 대답을 한 마당이니, 철민도 일단은 순순히 대답을 하기로 한다.

"저는 작은 회사에 다니고 있습니다."

"허허허! 자그마한 사업에다 작은 회사……! 이거 왠지 뭔가 필이 오는 것 같은데? 어디, 내가 시나리오를 한번 짜볼까? 그러니까 여기 젊은 친구네 회사하고, 그쪽이 하는 사업 간에는 무슨 이해관계가 걸려 있는 것이겠지? 그것도 이런 비싼 데서 접대할 만큼, 제법 큰 건수 말이야! 어때, 두 사람 사이에는 주고받은 게 따로 있겠지? 아니면 아직 그러기 전인데 내가 방해를 한 셈인가?"

짝짝짝!

박수 소리는 매섭이가 낸 것이었다.

"역시~ 우리 영감님이십니다! 이러니 아무리 날고 기는 놈들이라도, 일단 영감님께 걸린 이상 그냥 부처님 손바닥 안의 그… 뭡니까? 그렇지, 원숭이 새끼가 되고 만다는 것 아닙니까?"

철민과 안승조가 꼼짝없이 비리 혐의자처럼 된 데 이어, 매섭이에 의해서는 졸지에 원숭이 새끼로까지 전락하고 말았다.

영감이가 느긋하게 고개를 끄덕여 보이는 것으로 자신을 향한 찬사에 답례하면서 다시 술잔을 든다.

"자자! 술잔들 채우자고!"

한복이가 얼른 영감이의 술잔을 가득 채운다. 이어 그녀는 흘깃 안승조의 눈치를 보고는, 다시 매섭이를 보고 말한다.

"오라버니! 제 술 한 잔 받으세요!"

화사한 미소에 술병을 든 한복이의 몸짓이 사뭇 애교스럽다.

그러나 매섭이는 슬쩍 인상을 쓰더니, 술잔을 드는 대신에 한복이의 손에서 술병을 채듯이 넘겨받는다. 그리고 블랙이의 앞에다 그 술병을 놓고는 자신의 술잔을 내민다. 블랙이에게 술을 따르라는 노골적인 요구다.

블랙이는 순순히 술병을 잡는다. 그러나 그녀가 술병을 향한 곳은 매섭이가 아니라, 철민이었다.

매섭이의 인상이 와락 구겨진다.

철민은 기분이 묘해진다. 블랙이의 이런 태도가 마치 자신에 대해 절개, 아니 그런 것까지는 아니더라도 나름의 의리를 지키겠다는 것처럼 느껴졌다. 그렇지 않고서야 일개 호스티스의 처지로, 더욱이 조폭 보스의 노골적인 요구에 눈 한 번 깜빡이지 않고, 이처럼 꼿꼿한 일편단심을 보일 수가 있겠는가 말이다.

철민은 천천히 잔을 든다. 나중에야 삼수갑산을 가는 한이 있더라도, 사내가 되어 한 여인의 이처럼 열렬한 성의를 어떻게 마다할 수야 있겠는가?

철민의 잔을 채운 블랙이는 조용히 술병을 내려놓는다. 그리고 다시 그녀 본연의 차갑고 도도한 태도로 돌아간다. 마치 철민에게 그 한 잔의 술을 따른 것으로 자신의 할 일을 다 했다는 듯하다.

방 안의 분위기가 차갑게 식고 있다. 심지어 무소불위의 권력자처럼 행세하던 영감이마저도 이 순간, 묘한 긴장을 떠올리고 있는 것처럼 보일 정도다.

철민은 블랙이에게 받은 잔을 단숨에 비운다. 그럼으로써 그는 자신의 입장에 대해 사뭇 명확하게 표시를 한 셈이다.

매섭이보다 먼저 폭발한 것은 투박이였다. 자리에서 벌떡 일어난 그가 험상궂은 얼굴로 성큼성큼 상을 돌아오더니 철민의 옆에 버티고 선다.

"어이! 나하고 잠깐 바람 좀 쐬러 가지?"

투박이가 나직이 으르렁거렸다. 밖으로 따라나서란 소리일 터다.

철민은 그저 담담히 웃어주었다.

"웃어?"

투박이의 두터운 손이 철민의 어깨를 낚아챈다.

철민은 굳이 피하지 않는다. 대신 간단히 투박이의 손목을 잡아채서 가볍게 꺾어버린다.

"어……? 윽!"

투박이가 의아함을 표시하고는 다급한 신음을 뱉는다. 그러더니 곧장 무릎을 꿇으며 철민의 옆으로 얌전히 엎드린다. 그런 채로 그는 꼼짝도 하지 못한다.

금룡수(擒龍手)!

철민은 뒤늦게 그 이름을 떠올린다. 방금 파노라마처럼 그의 머릿속을 스쳐 지나간 일련의 움직임들에 대한 총칭이다.

손과 팔목과 어깨의 다양한 움직임들과 그것에 연계되어 이루어지는 온몸의 움직임들에 대한 요결이다.

"이 새끼가……?"

매섭이가 날카롭게 외치며 몸을 튕겨 일으킨다. 그의 손에는 언제 꺼내 들었는지 한 뼘 길이의 칼이 들려 있다.

철민은 그저 담담하다. 오히려 그런 자신이 놀랍다고 느껴질 정도다. 어쩌면 그는 이제 기껏 이런 정도에는 겁먹고 놀랄 수 없게 된 것인지도 모른다.

"죽여 버린다?"

매섭이가 거칠게 위협하며 칼을 좌우로 그어댄다.

철민은 놈의 공격에 대응하기 위해 일단 제압하고 있던 투박이의 손목부터 아예 부러뜨려 놓을 작정을 한다.

그런데 바로 그때였다.

팟!

무언가 희끄무레한 형체 하나가 매섭이의 얼굴로 날아든다. 그것은 워낙 빨라서, 매섭이가 어떻게 피하려는 시도도 해보기 전에 그대로 매섭이의 얼굴로 박혀든다.

"악!"

짤막한 비명을 토해내며 매섭이가 얼굴을 감싸 쥔다. 그러나 그는 다시 이를 악물며 왼쪽 볼에 박힌 것을 뽑아낸다.

그것은 어른 중지(中指)만 한 크기의 아주 작은 칼이었다. 마치 장난감처럼 보이는!

그 작은 칼이 뽑힌 자리에서는 대번에 붉은 피가 솟구쳐 나와 매섭이의 얼굴이며 목까지 홍건히 적시고 있다.

"이런~ 씨발 년이……?"

매섭이가 악귀처럼 일그러진 얼굴로 짓씹으며 뱉었다.

"놈! 그 더러운 입으로 한마디만 더 하면, 이번에는 네놈 눈깔에다가 이걸 박아주마!"

차갑기 이를 데 없는 목소리의 주인공은 바로 블랙이였다. 더욱이 놀라운 것은 지금 그녀의 손에 칼 한 자루가 쥐어져 있다는 것이다. 장난감처럼 보이는 아주 작은 칼! 바로 방금 매섭이의 볼에 박혔던 것과 같은 것이다.

매섭이는 한마디도 더 하지 못했다. 블랙이가 뿜어내는 지독히도 차갑고 매서운 기세가 그를 얼어붙게 만든 것이다.

"지금 뭣들 하는 거야? 너희들 내가 누군지 알아?"

서슬 퍼런 호통은 영감이의 것이었다. 갑작스러운 사태에 잠시 놀라고 당황했을망정, 몸에 밴 본연의 위엄인지 제법 기세가 삼엄했다.

철민은 당황스러웠다. 현직 부장검사라는 소리를 들었거니와 대한민국에서 최고의 권력이라는 검찰에서도 그 정도의 직책이라면, 그 앞에서 죄지은 것 없이도 괜히 움츠러드는 건 당연하다고 할 것이다.

철민은 일단 투박이의 손목을 풀어준다.

투박이 놈이 얼른 몸을 일으키더니, 철민에게서 도망치듯 홀쩍 뒤로 몸을 뺀다. 그리고 나서야 놈은 꺾였던 손목을 슬며시 주무르는데, 그런 놈의 기세는 확연히 꺾여 있었다.

"너희들, 도대체 정체가 뭐야?"

영감이가 다시 호통을 칠 때였다.

블랙이가 영감이를 향해 뭔가를 불쑥 내민다. 휴대폰이다.

영감이가 반사적으로 움찔하며 묻는다.

"뭐야?"

블랙이가 입가에 희미한 웃음기를 그려낸다. 철민이 그녀를 만난 뒤 처음으로 보는 미소였다.

"손영덕 지청장님 아시죠? 바꾸라고 하십니다!"

블랙이가 나지막하게 말했다.

순간 영감이는 흠칫 놀라고 말았다. 이어 반신반의하던 그는 블랙이를 한번 노려보고는 사납게 휴대폰을 낚아챈다.

"여보세요?"

그 한마디 후 영감이는 곧바로 움츠러들었다.

"아… 예! 예! 예! …죄송합니다!"

영감이의 목소리가 점점 더 기어들어 갔다.

"예! 예! …알겠습니다! …지금 바로 찾아뵙도록 하겠습니다!"

전화를 끊은 영감이는,

"휴우~!"

하고 한숨부터 뱉어냈다. 이어 사뭇 풀 죽은 모습으로 휴대폰을 블랙이에게 건네주며 조심스럽게 묻는다.

"지청장님하고는 어떤……?"

블랙이가 무표정하게 받는다.

"그런 건 묻지 않는 게 예의 아닐까요?"

영감이의 고개가 힘없이 끄덕여진다. 이어 그는 코트를 챙겨 입고 총총히 방을 나선다.

매섭이와 투박이가 얼른 그 뒤를 따랐다.

"깊이 사과드립니다!"

한복이가 조용히 방을 나가고 난 뒤 안승조가 정중하게 꺼낸 말이었다.

"사과라니요?"

"오늘 이 자리를 마련한 분이 따로 계신데, 그 점을 미리 말씀드리지 못했습니다!"

이어 안승조는 철민을 향해 다시 정중하게 고개를 숙인다.

"다음에 다시 만나 뵐 수 있기를 진심으로 바라면서, 저는 이만 물러가겠습니다!"

그리고 안승조는 서둘러 방을 나가 버린다.

철민은 당황스러워 그냥 쳐다보고만 있다.

"안승조 씨가 말한 사람은 바로 접니다. 제게 잠시 시간을 내주시겠습니까?"

한쪽에 말없이 서 있던 블랙이가 차분히 걸어와 철민의 맞은편으로 서며 말했다. 그리고 철민에게 앉기를 권한다.

철민이 영문을 알 수 없는 노릇이더라도, 일단은 자리에 앉는다.

블랙이가 맞은편으로 자리를 잡고는 다시 입을 연다.

"저는 기사기조의 미후라고 합니다!"

이건 또 무슨 소린지? 얼떨떨한 와중에도 철민은 머리를 굴려 본다.

기사기조는 무슨 말인지 도통 모르겠는데, 미후라는 것은 블랙이의 이름인 듯했다. 그리고 문득 블랙이의 발음에서 약간의 일본풍이 느껴지는 것 같다.

'일본 여자……?'

그에 철민은 다시금 퍼뜩 짐작되는 것이 있어 가만히 미간을 좁히며 묻는다.

"혹시 방금 전의 일들, 그쪽에서 의도적으로 만든 거요?"

미후가 여전히 담담한 표정으로 받는다.

"절반쯤은 그렇다고 할 수 있습니다."

"뭐요?"

철민은 벌컥 화를 내려다가 다시 쓴웃음을 지었다.

"굳이 그렇게까지 했어야 할 이유라도 있소?"

"저희 기사기조는 원칙적으로 일방 계약이 아닌, 쌍방 계약을 지향합니다. 곧 저희 쪽에서도 고객에 대한 사전 평가를 거친 후에 계약 여부를 결정한다는 의미입니다. 물론 계약에 대한 최종 결정은 어디까지나 고객의 몫입니다!"

"그것… 흥미롭군요!"

철민은 기껏 그 정도의 반응을 보일 수 있었을 뿐이었는데, 미후가 조금도 변함없는 표정과 말투로 곧장 묻는다.

"저희와 계약을 맺으실 의향이 있으십니까?"

"그 말은, 내가 일단 당신들의 평가를 통과했다는 뜻이오?"

"그렇습니다!"

"허 참! 이거, 통과시켜 줘서 고맙다고 해야 하나?"

철민이 실없는 말을 뱉고 나서 다시 묻는다.

"우선 물어봅시다. 당신들과 계약을 맺으려면, 또 어떤 과정을 거쳐야 하는 거요?"

"간단합니다. 먼저 의향을 밝혀 주시면, 저희 쪽에서 원하는 금액을 제시하겠습니다. 그리고 그 금액에 대해 고객께서 최종 의사 결정을 하시면 그 즉시 계약이 성립됩니다."

"흠… 몇 가지만 더 물어봅시다!"

"말씀하십시오!"

"당신들, 혹시 일본 쪽이오?"

"그렇습니다!"

"그럼 야쿠자나… 뭐, 그런 거요?"

"아닙니다!"

"그럼……?"

"그냥 기사기조입니다!"

"그러니까… 기사기조가 뭐냔 말이오?"

"……."

"혹시… 닌자 같은 거요?"

물어놓고도 철민은 내심 실소하고 만다. 닌자라니? 만화나 영화에서나 나올 법한 이름이 아니던가? 그런데 그때였다.

"비슷하다고 할 수 있습니다!"

미후의 그 대답에 철민은 일시 멍해지고 말았다.

"계약을 한다면, 먼저 구체적인 계약 조건부터 협의를 해야 하는 것 아니오? 그런 다음에야 합당한 계약 금액도 정해질 수 있을 것이고?"

철민이 다시 물었다.

미후가 조금도 흐트러지지 않는 무표정으로 대답한다.

"계약 조건은 이미 정해져 있는 것만으로도 충분합니다!"

"이미 정해져 있다니? 어떻게 정해져 있다는 말이오?"

"저희가 받은 오퍼는 당신을 경호하는 것입니다. 맞습니까?"

"그야 그렇지만……!"

미후는 가만히 고개를 끄덕여 보인다. 그 모습은 마치 '계약 조건은 이미 정해져 있는 것만으로도 충분하다!'는 좀 전 자신의 말을 재확인해 준다는 듯하다.

"아니, 그러니까 내 말은… 경호를 하되 어떤 범위로, 어떤 수준까지 할 것인가? 하는 등등의 구체적인 조건들을 정해야 하지 않느냐……."

"일단 계약이 성립되면……!"

미후가 간단히 철민의 말을 끊고는, 다시 단호한 투로 말을 잇는다.

"그 순간부터 우리는 당신의 안전을 책임집니다. 그 어떠한 경우에도!"

간단명료하다. 그리고 철민에게 더는 따지고 들 여지를 주지 않는, 명확한 정의다. 그렇지 않은가? 어떠한 경우에도 안전을 책임져 주겠다는데, 더 이상 무슨 말이 필요하겠는가?

"쩝!"

철민이 저도 모르게 입맛을 다시고 나서야 다시 묻는다.

"내 경호에 관한 한, 당신들이 무조건적으로 책임을 지겠다? 그러니까 당신들이 일방적으로 요구하는 금액으로 계약을 하든지 말든지, 알아서 해라?"

미후는 굳이 대답하지 않는다. 그저 희미하게 미소를 떠올렸을 뿐이다.

"좋소! 거기까지는 다 좋다고 치고, 마지막으로 하나만 더 물어봅시다!"

미후는 고개만 까딱한다.

그 모습에서 철민은 그녀가 사뭇 얄미울 정도로 도도해 보인다는 느낌을 받았다.

"단적으로 말해서… 당신을, 당신들을 믿을 수 있겠소?"

철민은 막상 그 질문을 해놓고도 괜히 머쓱해졌다. 그렇게 물으면 당연히 믿을 수 있다고 하지, 믿을 수 없다고 하겠는가 말이다.

미후가 문득 표정을 굳힌다. 그리고 나직이 반문한다.

"그 말씀은 어떤 의미입니까?"

기왕에 뱉은 말이니, 철민은 내쳐 말을 잇는다.

"까놓고 말해서, 용병이란 게 결국은 돈에 모든 것을 거는 것 아니요? 돈 앞에서는 그 어떤 짓도 서슴없이 한다고 합디다. 그러니 나와 계약을 맺어 놓고도, 만약 나를 노리는 자들의 역공작이 있으면, 쉽게 말해 돈을 더 주겠다고 하면, 한순간에 돌변하여 나를 배신하지 말라는 보장도 없는 것 아니냔 말이오."

이윽고 미후의 표정이 차갑게 변한다. 그러더니 쏘듯이 말한다.

"우리 기사기조는 일단 계약이 이루어지는 그 순간부터 계약이 종료될 때까지는 그 어떤 상황에서도, 설령 목숨을 내놓는 한이 있어도 우리 쪽에서 먼저 계약을 위배하는 일은 결코 없습니다. 이것은 천 년을 지켜오고 있는 우리 기사기조의 정신이자 맹세입니다!"

그에 철민은 더 이상 말을 보태기가 어려웠다. 오히려 한편으로 문득 신뢰가 생기기도 했다.

사실 따지고 보면 느닷없는 신뢰인 것은 아니다. 박윤호 팀장이 기사기조를 선택한 것에서부터 이미 어느 정도의 신뢰는 깔렸다고 해야 할 것이다. 철민이 박윤호 팀장에 대해 가지는 개인적인 호불호에 관계없이, 박윤호 팀장이 누구보다 냉철하고 신중한 사람이라는 데 대해서는 충분히 인정하고 있는 바이니 말이다.

"좋소! 나는 당신들과 계약을 할 의향이 있소!"

철민의 그 말에 대해 미후의 눈빛이 반짝 빛을 발했다.

"그럼 저희의 요구 금액을 제시하겠습니다!"

미후가 무심한 표정으로 말했다.

철민은 언뜻 이 시점에서 박윤호 팀장과 통화라도 해봐야 하지 않을까 하는 생각을 했다. 그러나 그는 이내 생각이 바뀌었다. 그 스스로가 이 계약의 온전한 주체가 되고 싶다는 쪽으로!

철민이 고개를 끄덕여 보이자, 미후는 자신의 휴대폰을 꺼내 뭔가를 찍고는 철민에게로 넘긴다.

철민은 설핏 눈을 크게 뜬다. 휴대폰의 화면에는 그가 상상했던 이상의 숫자가 찍혀 있었다.

"단지 경호를 해주는 대가로 이런 엄청난 금액을 지불해야 한다는 거요?"

그러나 철민의 그 말은 놀람이나 불만이라기보다는 확인해 보는 것에 가까웠다.

"그럴 만한 가치가 없다고 생각하신다면, 간단히 없었던 일로 하시면 됩니다!"

미후는 여전히 무심하기만 했다.

"내가 이런 거액을 지불할 수 있을 거라고 생각하오?"

철민이 담담하게 물었다.

"충분히 그럴 수 있는 분이라고 알고 있습니다!"

미후의 가볍기까지 한 대답에 철민은 내심 실소하고 만다. 그러나 그녀가 무슨 근거로 그런 말을 하는지 따위의 질문은 하지 않기로 한다.

"합시다! 계약!"

철민은 명쾌하게 수락했다.

미후가 자리에서 일어서더니, 돌연히 무릎을 꿇고 고개를 숙인다.

"이건 또… 무슨 일이오?"

철민이 크게 당황하며 물었다.

미후가 천천히 고개를 들며 대답한다.

"계약에 대한 맹세의 의식입니다."

"맹세? 아무리 그렇다 하더라도, 이럴 것까진 없지 않소?"

"저희 기사기조의 율법입니다!"

그렇다는데 철민이 또 뭐라고 할 것인가?

미후가 무릎을 꿇은 채 말을 잇는다.

"앞으로 미후라고 불러주십시오! 그리고… 저는 뭐라고 불러 드리면 좋겠습니까?"

"그냥 김… 아니, 강이권이라고… 음! 그건 좀 그런가?"

"대표님으로 하면 어떻겠습니까?"

철민은 잠깐 생각해 본다. 하긴 앞으로 강이권이라는 이름을 두고 그 스스로도 어색하고 헷갈릴 것을 생각하면, 차라리 그냥 대표님이 나을 것 같기도 하다.

"뭐… 그렇게 하죠!"

"대표님!"

그런데 막상 당장에, 그것도 바로 코앞에서 빤히 보며 그렇게 부르니 어색하지 않을 수 없었다. 그러나 어쨌든 대답을 해줄 수밖에!

"예!"

"이제부터 대표님의 주위에는 저를 포함한 기사기조의 조원들이 항상 있을 것입니다. 언제라도 말입니다!"

"언제라도… 말이오?"

"그렇습니다!"

조금의 망설임도 없는 미후의 대답에 철민은 다시금 묘한 신뢰의 느낌을 받았다.

"혹시… 말이오?"

문득 조금 다른 종류의 생각이 들기에 철민이 운을 뗐다.

"말씀하십시오!"

"이 계약은… 오로지 경호에만 한정되는 것이오?"

철민의 의중을 헤아리는 듯 미후가 잠시 틈을 둔 다음 대답한다.

"저희 기사기조는 경호 외의 다른 여러 분야에서도 능력을 보유하고 있습니다. 대표님께서 필요하다고 하시면, 계약 조항을 추가하는 것도 가능합니다."

"다른 분야의 능력이라면, 주로 어떤 것들이오?"

미후가 엷게 웃음을 떠올린다. 그러나 이내 지우며 말한다.

"그건 차차 아시게 될 것입니다."

그리고 미후는 조용히 일어선다.

"다른 말씀이 없으시면, 저는 이만 나가보겠습니다!"

마치 정해둔 시간이 다 되기라도 했다는 듯했다.

철민이 별수 없이 고개를 끄덕인다.

미후가 가볍게 고개를 숙여 보이고는 사뿐사뿐 걸어 방을 나간다.

방문이 닫히고 나서도 철민은 한동안 그대로 앉아 있었다. 그러다가 문득 실소하며 천천히 자리에서 일어섰다.

제7장
시험

미후(美后)

　회심옥에서 일어났던 일에 대해 철민은, 박윤호 팀장에게 굳이 따로 말을 하지는 않았다.

　그가 박윤호 팀장에게 보고할 의무가 있다고는 할 수 없다.

　또한 박윤호 팀장이 먼저 물어오지 않는 걸 보면, 한상운과 강혁수를 통해 대강 들은 걸로 보였기에 그것으로 충분하다고 여겼다.

　그런데 대해 철민은 슬며시 기분이 좋아졌다. 미후와 그,

둘만 알고 있는 것들이 존재한다는 데 대해! 박윤호 팀장이 모르는 일이 있다는 것에 대해!

다만 박윤호 팀장은 한상운을 통해 기사기조에 대한 몇 가지 추가적인 정보를 전해왔다.

기사기조가 일본 내에서 오랫동안 경쟁을 벌이고 있는 다른 조직에게 크게 밀려 일본 내에서는 입지를 펼치기 어려운 형편이라는 것과 비록 규모 면에서는 뚜렷이 열세를 보이고 있더라도 여전히 소수의 최고급 닌자를 보유하고 있는 것으로 판단된다는 것 등이었다.

안가의 일상은 여전히 심심하고 무료했다.

변화가 한 가지 있긴 했다.

바로 미후다.

그녀 스스로가 미리 말한 바도 있지만, 그녀는 늘 철민의 주변을 맴돌았다.

그녀는 마치 그림자 같다. 철민의 주변에 머물긴 하되, 좀처럼 모습을 드러내지 않았다.

그러나 철민은 대부분의 경우 그녀의 존재를 느꼈다.

그의 곁을 맴도는 건 미후 혼자다.

'무슨 기사기조니 하면서 조원들이 더 있는 것처럼 얘기를 하더니, 사기였나?'

그런 의문도 들었다. 아무리 실력이 뛰어나다고 해도, 그녀 혼자인데 너무 비싸게 비용을 치렀다는 생각이 들기도 하는 것이었다. 물론 이제 와서 구차하게 그런 걸 따질 마음까지는 없었지만!

어쨌든 며칠 그렇게 지내다 보니 괜찮은 점도 있었다.

하루 종일 모습을 볼 일도 없는, 그야말로 그림자 같은 존재이긴 하나, 어쨌든 누군가가 늘 주위에 존재하고 있어서 왠지 덜 무료한 것 같은 느낌이라고 할까?

한편으로 그녀 특유의 삭막하고 건조한 느낌에 조금씩 친근해지고 있었다.

그런 까닭일까?

가끔은 괜한 걱정(?)이 들기도 한다. 그녀가 언제 어디서 먹고, 자고, 또 생리 현상을 해결하는지에 대해!

같은 공간에 있으면서도 한상운과 강혁수는 그녀의 존재를 눈치채지 못하고 있는 것 같았다.

그에 그들은 미후가 안가의 담장 안쪽에 대해서는 경호 범위에서 제외시킨 것으로 이해하고 있는 듯했다.

한상운과 강혁수가 나가고 없을 때, 철민은 미후와의 소통을 시도해 보았다.

그녀의 느낌이 가까워졌을 때, 짐짓 혼잣말처럼 물어본 것이다. 미후라는 이름의 뜻이 뭐냐고!

대답은 없었다. 당연하게도!

그런데 그가 정원으로 산책을 나갔다 왔더니, 식탁 위에 작은 메모지 한 장이 놓여 있었다.

[미후(美后)]

막연하게 뜻 모를 일본식 발음인 줄 알았더니, 한자 그대로를 한글로 발음한 것이었던 모양이다.

아름다울 미(美).

임금 후(后).

'아름다움의 여왕……?'

어쨌든 회심옥에서의 만남 이후, 두 사람 사이의 첫 번째 소통이라고 할 만했다.

이후로도 철민은 이따금 그녀를 향해 말을 던졌다.

그러면 그녀는 메모라든지, 혹은 다른 실질적인 것으로서 반응을 해왔다.

철민은 그런 일들이 제법 재미있었다.

새로운 심심풀이라고 할까?

가끔씩 그는 괜한 건수를 만들어서라도 그녀의 반응을 유도했다.

그리고 그는 자연스럽게 그녀에게 반말을 했다.

그러나 그녀가 일본인이라는 데서 오는 일종의 무조건적인 반감 같은 것이나, 혹은 막대한 거액을 지불한 고용주로서의 지위에서 비롯되는 유치한 과시욕 같은 건 아니다.

혼자서 일방적으로 말을 하다 보니 그렇게 된 것 같다.

혹은 친밀감일지도 모른다. 늘 가까이에 있는 친한 사람, 그래서 격식이나 절차 따위는 신경 쓰지 않아도 되는 편한 사람에 대한!

물론 그런 것은 그 혼자만의 욕심일 것이다. 그 혼자서 자유롭고, 그 혼자서 편한!

반말에 대해, 굳이 한두 가지의 변명 내지는 이유를 더 들자면… 그녀의 나이가 그보다는 어릴 것 같다는 점.

그리고 그가 설렁설렁 하대를 하는데도 그녀가 별다른 내색 없이 순순히 받아주고 있다는 점 등등이다.

시험

철민은 외출을 하기로 했다. 실로 오랜만에!

사실은 미후 때문이다.

그녀의 입장에서는, 안가 내부에 있는 경우에 비해 바깥으로 나갔을 때 아무래도 신경이 쓰일 상황들이 많아질 것이다.

그런 조건에서 그녀를 한번 시험하고 싶다는 생각이었다. 그리고 그녀의 기사기조가 정말로 있는지 없는지 확인도 해볼 겸!

조금 더 솔직하게 말하자면, 오늘따라 유달리 무료하던 와중에 뭔가 흥미로운 일이 없을까 하다가 문득 떠올린 일이었다.

크게 미안한 마음은 들지 않는다.

보통 사람들은 상상하기 어려울 만큼의 거액을 들인 고용주의 입장에서 그 정도의 시험과 확인은 한 번쯤 해볼 수도 있었다. 크게 무리한 행위라고 할 건 아니지 않겠는가?

철민은 가방 하나를 둘러메고 불쑥 집을 나선다. 물론 아무 예고도 하지 않은 채다.

그는 곧장 걷는다. 어떻게 할 건지는 이미 대강 짜놓은 뒤다.

10여 분쯤 걸어 지하철을 탄다.

미후의 익숙한 느낌이 계속 따라붙고 있다.

다섯 구역을 간 다음 지하철에서 내린 그는 지하 통로로 연결된 백화점으로 향한다.

아직 피크 타임은 아닌 데도 백화점 안은 제법 사람들로 붐볐다.

미후의 느낌이 사람들 사이로 언뜻언뜻 나타났다가 사라지기를 반복했다.

그는 진열된 상품들을 구경하는 척하면서 엘리베이터 표지

판을 따라 걷는다.

이윽고 엘리베이터가 있는 곳에 도착한 그는, 옆쪽 벽면 게시판에 붙은 할인 상품 정보들을 느긋하게 읽는다.

엘리베이터 문이 열린다. 이미 예닐곱 명이 이미 타고 있었는데, 기다리던 사람 넷이 더 타자 엘리베이터는 거의 만원이 되고 만다.

엘리베이터의 문이 반쯤 닫힐 때 그는 재빨리 엘리베이터에 올라탄다. 먼저 타고 있던 사람들의 눈살이 일제히 찌푸려진다.

아슬아슬하게 문이 닫힌다. 그는 가볍게 고개를 숙여 미안하다는 표시를 한다. 그러나 그는 슬금슬금 번져 나가는 웃음을 애써 참는다.

'당황하고 있겠지? 비상계단이나 에스컬레이터를 찾아서 뛰고 있을까? 흐흐흐!'

3층에서 내린 그는 곧장 화장실로 간다. 그리고 빈칸으로 들어가 가방에 준비해 온 옷으로 갈아입는다. 청바지에 허름한 티를 입고, 챙 달린 모자를 쓴다.

그리고 그는 가만히 운기를 한다. 역용이다.

강일권의 얼굴은 이제 거울이 필요치 않을 정도로 익숙했지만, 그래도 화장실을 나서기 전에 세면대 앞에 서서 거울을 본다.

완벽한 강일권의 얼굴이 그를 마주 보고 있다.

날카롭고 차가운, 그래서 스스로 보기에도 결코 호감을 가질 수는 없는 얼굴! 그러나 그에게 무한의 자유를 의미하는 얼굴이다.

화장실을 나와 가까운 곳의 무인 물품 보관함에 가방을 넣어둔 다음, 그는 유유히 에스컬레이터를 타고 다시 1층으로 내려간다.

철민은 1층의 구석으로 간 다음 가만히 집중한다. 미후의 느낌을 찾기 위해서다.

사실 이런 식으로 그녀를 찾을 수 있을 거라고 확신하기는 어려웠다. 과연 어느 정도 거리까지 그녀의 느낌을 감지할 수 있을지는, 그도 확실히 알지 못하는 것이니 말이다.

다만 그를 놓친 그녀가 이리저리로 분주하게 헤매고 다닐 것이니, 집중하고 있다 보면 그녀의 익숙한 느낌을 찾아낼 수 있지 않을까 생각이 들었다.

설마하니 그녀가 고용주를 내팽개치고 혼자서 가버리는 경우만 아니라면 말이다.

추격전

이윽고 철민은 미후의 느낌을 찾았다. 이어 그녀를 볼 수 있었다.

그녀는 그가 기대(?)했던 바, 예전 회심옥에서의 블랙이가 가졌던 특별함과는 사뭇 다른 모습이다. 옅은 그레이 톤의 재킷과 바지를 입은 그녀는 그저 백화점에 쇼핑을 나온 많은 사람 중 하나일 뿐이었다,

다만 그럼에도 불구하고, 그녀의 몸매만큼은 결코 평범하게 봐줄 수가 없다.

철민은 입장을 바꿔볼 작정이다. 그가 관찰하는 입장이 되고, 미후가 관찰을 당하는 처지가 되도록 말이다.

미후는 매장들 사이의 통로를 따라 천천히 걷고 있다.

그런데 잠시 지켜보던 와중에 철민은, 그녀가 어딘지 모르게 다급해하고 있다는 느낌을 받는다.

자신을 찾지 못하고 있다는 데서 오는 당황스러움이나 조급함과는 다른, 마치 누군가에게 쫓기고 있는 듯하달까?

철민은 미후의 동선 주변으로 조금 더 집중의 폭을 넓혀본다.

'음……?'

뭔가가 있었다. 역시나 느낌일 뿐이지만, 예기(銳氣)랄까? 첨예한 긴장 혹은 날카로움?

더욱이 그러한 느낌은 하나가 아니었다. 네다섯 개 이상의 그것들은 마치 포위라도 하듯 점차 미후와의 거리를 좁히고 있었다.

순간 미후의 발걸음이 빨라졌다. 그러자 덩달아서 예기들 역시 빠르게 그녀를 쫓는다.

그때 뜀걸음으로 통로를 가로질러 가던 미후의 모습이 갑자기 사라진다. 비상구다. 비상구를 열고 나간 것이다.

이어 서너 명의 사내가 미후가 사라진 비상구로 속속 들어가는 모습이 보인다.

조금 뒤늦게 도착해서 비상구 문을 밀고 안으로 들어선 철민은, 일단 멈춰 서서 사방의 기척에 집중한다.

비상계단 아래쪽으로 빠르게 움직이고 있는 몇 개의 기척을 감지된다.

그는 곧장 비상계단을 뛰어 내려간다.

그런 와중에 기척들이 사라진다. 아마도 지하 4층쯤에서 다시 비상 통로를 벗어난 것 같다.

지하 4층의 비상구 문을 열고 나가자, 지하 주차장이었다. 아직 지하 4층까지는 차들이 차지 않을 시간인지, 넓은 주차장은 한산한 편이었다. 그러나 한산한 그 공간에서는 지금, 실체가 분명하지 않은 무슨 일인가가 치열하게 전개되고 있었다.

쉬~ 싯!

피피~ 핏!

무언가 날카롭게 허공을 가르며 날아다녔다. 눈에는 잘 보이지도 않는데, 주차장 천장의 조명에 반사되어 번뜩이는 빛과…

태~ 앵!

티티~ 팅!

콘크리트 벽과 기둥에 부딪치며 나는 경쾌한 쇳소리들에서 그것들이 작고 날카로운 금속일 것이라고 짐작해 볼 수 있었다.

그런 와중에 마치 그림자가 일렁이듯 몇 개의 형체가 퍼뜩 나타났다가는, 순식간에 기둥과 차량들 틈새로 사라졌다.

철민은 근처의 기둥에 바짝 몸을 붙인다. 일단은 무슨 상황인지부터 파악해야만 한다.

쫓고 쫓기는 치열한 추격전이 벌어지고 있다. 그리고 철민은 이윽고 미후를 발견했다.

그녀는 쫓기고 있다. 그녀를 쫓고 있는 자들의 숫자는 생각보다 많다. 철민이 눈으로 센 것만 이미 열이 넘었고, 아직 드러나지 않은 자들이 얼마나 더 있는지는 짐작해 보기가 쉽지 않다.

미후는 계속 위치를 옮겨 다니면서, 또 몸을 숨기는 것으로 적들의 추격을 따돌리고 있다. 그런 그녀에게서는 확실히 적들보다 한 수 위인 속도와 은밀함을 볼 수 있었다. 그러나 포위를 당하지 않으려는 다급함 또한 동시에 느낄 수 있었다.

포위망이 점차 갖춰지면서 미후에게로 좁혀지고 있다. 일단 갇힌 상태에서 협공을 당한다면, 그녀로서도 어떻게 대항할 방법이 없어질 것이다.

그러나 미후가 궁지로 몰리는 걸 보면서도 철민은 섣불리 개입하지 못했다. 두렵거나 당황했기 때문은 아니다. 지금 그의 머리는 오히려 차갑다. 다만 그녀를 돕겠다고 무작정 뛰어드는 것은 어리석은 짓이다. 도망갈 구멍부터 확보하는 것이 우선이다.

철민은 냉철한 관찰 끝에 한 군데 틈을 찾아낼 수 있었다. 그가 들어왔던 비상구와 대각선의 맞은편 방향에 또 다른 비상구가 하나 있다. 미후와 그녀의 적들이 움직이고 있는 동선으로 볼 때, 그 방향이 상대적으로 허술하다는 판단이 서는 것이었다.

철민은 조용히 움직였다. 그런 와중에 그의 머릿속으로는 빠르게 요결들이 스쳐 지나갔다. 지형지물을 이용하여 몸을 숨기는 법, 소리 내지 않고 은밀하게 움직이는 법 등등.

목표로 한 비상구의 문은 한 뼘쯤 열려 있다.

그러나 그는 비상구 안으로부터 몇 가닥의 희미한 기척들을 감지하고, 재빨리 문 가까이의 기둥 뒤로 몸을 숨긴다.

기척은 셋이다. 그리고 날카로운 긴장이 느껴진다는 데서 그것들이 미후를 공격하는 자들과 한편임을 판단해 볼 수 있었다.

짧게 숨을 고른 후, 그는 신속하게, 그러나 최대한 소리가 나지 않도록 철문을 밀어젖히며 비상구 안으로 쇄도해 들어갔다. 순간,

피피~ 핏!

쉿~ 쉬쉿!

작고 날카로운 예기들이 그의 전면 공간을 온통 뒤덮다시피 하며 맹렬히 날아든다. 그러나 다시 찰나의 순간, 그것들은 확연히 느려졌다. 슬비다.

그는 미끄러지듯이 벽을 타고 안쪽으로 이동한다.

티티~ 팅!

타타타~ 탕!

간발의 차로 무수히 많은 금속 물체가 벽에 부딪치며 튕겨져 나오고 있다.

세 명의 사내에게서 경악이 흐른다. 그러나 경악과는 별개라는 듯 그들은 움직이고 있다.

세 자루의 칼이 철민의 목과 옆구리와 무릎을 일시에 찔러온다. 철민은 반 바퀴 몸을 회전시키는 것으로, 세 자루의 칼

을 일시에 비켜낸다. 그리고 그대로 사내들의 측면으로 쇄도
해 들어간다.

퍽!

퍼~ 퍽!

동시이다시피 관자놀이를 한 방씩 격타당한 셋이, 비명도
없이 바닥으로 허물어진다.

가볍게 숨을 고른 후, 철민은 다시 철문 가까이로 붙어 선
다. 미리 자리를 잡고 있었다는 점에서, 적들은 이곳에다 함정
을 파둔 것 같다. 또한 그런 점에서, 그가 퇴로라고 판단했듯
미후 또한 같은 판단으로 아마도 한순간의 기회를 노려 이곳
으로 탈출을 감행할 가능성이 크다.

그의 그런 짐작이 틀리지 않았다는 것은, 얼마 지나지 않아
확인할 수 있었다.

펑~!

미후가 몸을 숨긴 지점에서 돌연 작은 폭발음이 일었다. 이
어 짙은 회색의 연기가 뭉클거리며 피어나더니 빠르게 사방으
로 퍼져 나간다. 마치 여러 개의 연막탄이 한꺼번에 터진 것
같은 광경이다.

연기 속에서는 고운 은가루가 뿌려진 듯 무수히 많은 반짝
임이 일어나고 있다. 그런데 연기가 범위를 넓혀가면서 몇 군

데에서 다급한 소리들이 새어 나온다.

그런 와중에 철민은, 연기 속에 숨어서 빠르게 움직이고 있는 미후의 모습을 발견한다. 그녀는 지그재그로 방향을 급하게 바꾸며 그가 있는 비상구를 향해 달려오고 있었다.

한순간 네다섯 개의 그림자가 불쑥불쑥 튀어나오면서 그녀를 덮쳐간다.

철민은 침착하게 목표를 겨냥한다. 그리고 잔뜩 말아 쥐고 있던 오른손 엄지를 튕겨낸다.

찍!

희미한 소리와 함께 가느다란 무형의 기운 한 가닥이 쾌속하게 허공을 가르며 뻗어나간다.

미후를 바짝 따라붙고 있던 사내 하나가 흠칫 팔목을 움켜잡으며, 다급하게 옆으로 비켜나간다. 그리고 재빨리 사방을 훑는 사내는 황망한 기색이다.

무탄(拇彈)이다. 철민이 실제 상황에서는 처음으로 써본 것이었지만, 근 20여 미터나 떨어진 거리에서 쏜 것을 감안하면 기대 이상의 위력이었다.

그러나 썩 만족스러운 건 아니다. 그는 어깨의 견골을 겨냥했던 것인데, 엄지를 튕겨내면서 조금 흔들렸던지 빗나가서 팔목을 맞춘 것이다.

그런데 그때였다. 미후의 바로 등 뒤에서 다시 사내 하나가 그녀를 덮치고 있다.

찍!

또 한 발의 무탄이 발사되었다. 그 사내가 펄쩍 뛰듯이 옆으로 튕겨 나간다. 그런 사내의 오른 어깨에서 가느다란 핏줄기가 솟구친다. 이번에는 명중이다.

그런데 그 순간 철민은 미후를 놓치고 만다. 찰나의 순간 연기 속으로 사라지고 만 것이다.

철민이 급하게 미후의 기척을 추적해 가는 와중에, 이윽고 연기가 비상구 안으로까지 밀려들었다. 그리고 한순간, 연기 속에서 한 가닥 시리도록 날카로운 기운이 번개처럼 그의 목을 노리고 엄습해 든다.

"헛?"

철민이 기겁하며 헛바람을 들이켰다. 찰나의 순간, 반사적으로 슬비가 펼쳐진다. 기다란 송곳 같은 물건이다. 그 뾰족한 끝점이 천천히 목을 찔러오는 것을 부릅뜬 두 눈으로 생생히 지켜보면서, 그는 전력으로 상체를 비튼다. 그리고 송곳의 끝은 그야말로 간발의 차로 그의 목을 스쳐 지나간다. 표피에다 몇 개의 소름 방울을 만들어놓고!

상대가 당황한 게 느껴진다. 철민은 여지를 주지 않고, 상대의 관자놀이에다 한 방을 꽂는다. 그러나 바로 다음 순간, 그는 다급하게 주먹의 방향을 틀어야만 했다.

'미후?'

그랬다. 가차 없이 그의 목을 꿰뚫으려 했던 상대는 바로 미후였다.

그러나 미후는 여전히 철민을 알아보지 못한 것 같았다. 예의 그 송곳 같은 무기가 예리하게 방향을 꺾더니, 다시금 그의 눈을 노리고 찔러 들어오고 있다.

철민이 급한 김에 그녀의 송곳 쥔 팔의 팔목을 움켜잡는다. 그러자 미후는 굳이 철민의 손을 피하지 않고, 오히려 팔목을 내어준다.

그러나 한편으로 그녀의 다른 쪽 손이 매의 발톱처럼 웅크려지더니, 곧장 철민의 목젖 어림을 움켜쥐어 온다. 예측불허의 변칙적 수법에다, 워낙 근접한 거리이니 치명적인 한 수였다.

그러나 다음 순간, 그녀는 힘없이 팔과 어깨를 늘어뜨리고 만다.

맥문이었다. 철민이 그녀의 맥문을 제압하면서, 전신의 기력을 한순간에 흩뜨리고 만 것이다.

미후의 두 눈 가득 경악이 떠오른다.

"미후! 나야!"

철민이 나직이 외쳤다.

미후의 두 눈이 언뜻 커진다. 그러나 그 순간의 경악에, 곧바로 짙은 의혹이 덧씌워진다. 그리고 그녀의 눈빛은 다시금 시리도록 차가운 살기로 채워진다.

'아차!'

철민은 퍼뜩 깨달아야만 했다. 자신이 지금 강일권의 얼굴
이라는 사실을! 그는 급하게 역용을 푼다.

미후의 두 눈이 다시 경악으로 일렁였다.

철민은 미후의 맥문을 풀어주고 바깥의 상황부터 살핀다.

자욱했던 연기는 많이 엷어졌다.

그런 중에 10여 명의 사내가 비상구 가까이까지 접근했다.

미후가 철민의 곁으로 다가오더니, 재빨리 비상구의 문을
닫고는 손잡이의 잠금장치를 돌린다. 이어 그녀는 철민의 손
을 이끌며 곧장 비상계단을 뛰어오른다.

백화점 1층으로 올라온 두 사람은, 사람들 속으로 섞여 든
다. 그리고 지하철로 연결되는 통로를 따라 빠르게 걷는다.

지하철역까지는 금방이다.

마침 지하철이 도착하고 있다. 둘은 행선지를 불문하고 일
단 올라타고 본다.

두 구역째에서 철민과 미후는 지하철을 내린다.

미후가 그제야 길게 숨을 불어 내쉰다.

그런 그녀의 옆구리와 가슴이 축축하게 젖어 있다는 것을

철민은 그제야 발견한다.

"피……?"

철민이 놀라 상처 부위를 살피려 한다.

미후가 단호하게 고개를 가로젓는다. 이어 그녀는 차갑게 표정을 굳힌다.

"다시는 이런 짓 하지 마세요! 당신은 가벼운 장난일지 모르나, 우리에게는 목숨을 걸어야 하는 상황이 될 수 있어요!"

얼음물이 뚝뚝 떨어지는 듯 차가운 목소리다. 그 목소리에서는 짙은 노여움마저 배어 있다.

철민은 당황스러웠다. 그러나 '뭐, 당신?' 하는 따위의 유치한 반발심이 생기지는 않는다.

사실은 입이 있어도 뭐라고 할 말이 없는 입장이다. 비록 그가 의도한 바는 아니었지만, 어쨌든 그가 심심풀이 삼아서 꾸민 상황이 조금 전의 위험천만한 사건의 발단이 된 것 같으니, 구차하게 무슨 변명을 할 것인가? 그렇더라도 약간의 투정 같은 게 생기기는 해서, 그는 짐짓 툴툴거리는 투로 뱉었다.

"그래도 내가 도와줬잖아? 적어도 나 혼자 살겠다고 도망치지는 않았잖아?"

미후의 표정에 대번 날이 선다. 그러나 그녀는 다시 픽 웃고 만다. 그러더니 이내 또 정색을 한다.

"어쨌든 경호에 차질이 있었던 점은 죄송합니다. 다시는 이런 일이 일어나지 않도록 하겠습니다."

지극히 사무적인 어투였다.

그러나 철민은 만족스러워졌다. 그녀에게서 죄송하다는 소리를 들었기 때문은 아니다. 잠깐이지만 그녀의 웃는 모습을 볼 수 있었던 까닭이다.

미후는 가능한 한 빨리 거처를 옮기는 게 좋겠다고 했다. 백화점에서 그녀를 공격했던 자들이 조만간 안가를 찾아낼 가능성이 농후하고, 그렇게 되면 저들은 아마도 대규모의 공격을 감행해 올 것이라고!

"도대체 그자들의 정체가 뭐야?"

철민이 물었다.

미후는 개인적인 사정이 있어 자세히 말하기는 어렵다고 얼버무린다. 다만 아주 위험한 자들이라고만 했다.

철민 역시 거처를 옮기는 문제는 혼자서 결정할 수 없는 것이니, 한상운 등과 얘기를 해보겠다고만 해둔다. 그러나 한상운에게 얘기를 한다고 해도, 있었던 그대로의 얘기를 다 하고 싶지는 않다. 미후도 그러기를 바라지 않을 것이거니와, 그 또한 미후와 그 둘만이 아는 일로 해두고 싶은 까닭이다.

제8장
바보 같은

개인적인 사정

기사기조와 경호 계약이 맺어진 다음부터 한상운과 강혁수는 종종 외박을 하곤 했다. 그러더니 요 며칠간은 갑자기 상황이 걸렸다며 아예 집에 들어오지를 않았다.

어젯밤 철민은 잠을 설쳤다. 자정 무렵부터 안가 주변을 맴도는 수상한 기척들 때문이다.

그가 스스로의 오감 능력에 대해 이제 어느 정도 자신감을 가지고 있는 만큼, 그 기척들의 수상함은 확연했다.

그럼에도 그가 그 기척들의 정체에 대해 알아보려는 시도를 굳이 하지 않은 것은, 아니 못한 것은 미후 때문이다. 소리 없이 방으로 들어온 그녀가 그 수상한 기척들이 사라질 때까지 내내 그의 곁을 지키고 있었던 것이다.

깊은 밤 젊은 남녀가 한 방에 있는 것만으로도 가슴이 울렁거릴 노릇인데, 더욱이 팬티 차림으로 벌떡 일어설 수도 없었으니 깊게 잠든 체하고 있을 수밖에!

그렇게 새벽녘까지 두세 시간 동안을 억지로 잠든 척하다가, 미후가 소리 없이 방을 나간 후에야 철민은 겨우 잠을 잘 수 있었다.

철민은 아무 일도 없었든 듯 다른 날과 같은 시간에 일어났다. 그리고 간단히 아침을 챙겨 먹고, 여느 날처럼 혼자만의 일상을 보냈다.

오후가 되자 그는 지난밤의 여파 때문인지 스르르 나른해져 소파에 기댄 채 깜빡 잠이 들고 말았다. 그러다 무슨 느낌에 퍼뜩 눈을 떠보니 미후가 앞에 서 있었다.

"언제 왔어? 아~ 흠! 근데 지금 몇 시나 됐어?"

미후는 대답이 없다.

벽시계를 보니 시간은 막 오후 5시를 지나고 있었다.

"부탁이 있어요!"

미후가 무심한 음색으로 말했다.

"부탁? 뭔데?"

"오늘 하룻밤만 제게 이 집을 빌려주세요!"

"집을 빌려달라고……? 그게 무슨 말이야?"

"번거롭게 해드려서 죄송해요. 하지만 사정이 좀 생기는 바람에……!"

"그러니까, 뭐야? 나더러 오늘 밤 다른 데 가서 자고 오라는 거야?"

"……."

"뭔데, 그 사정이라는 게?"

"개인적인 사정이에요!"

"개인적인 사정? 근데… 미후는 개인적인 사정이 은근히 많은 것 같아?"

"죄송해요!"

미후가 정색을 하며 거듭 사과를 했다.

그에 철민은 가벼운 투정이라도 더는 해볼 수 없는 노릇이어서 입을 닫고 만다.

그러자 미후는 내키지 않는다는 기색으로 겨우 몇 마디를 보탠다.

"오늘 밤, 저희 기사기조의 긴급한 회합이 있어요."

'그래? 근데 그런 걸 왜 하필이면 남의 집에서 하려고 해?'

철민은 그렇게 투덜거리고 싶은 걸 겨우 참는다.

하긴, 이 집은 자신의 소유도 아니었다. 그 역시 잠시 빌려서 사는 처지일 뿐이지 않은가? 그리고 하룻밤 바깥에서 자는 건 그리 어려울 것도 없다.

그렇더라도 철민은 기분이 좋지는 않다는 뜻으로 힐끗 미후를 째리고는 휙 몸을 돌린다.

옷을 갈아입고 할 것도 없이 곧바로 나갈 생각이었다. 그런데 그가 막 현관문을 열고 밖으로 나설 때였다.

"대표님! 고마웠어요!"

등 뒤에서 미후가 말했다.

'이건 또 뭔가? 고맙다가 아니라 고마웠다? 한국말이 능숙한 듯하지만, 아무래도 아직 시제(時制)에는 좀 서툰가? 아니면 얼마 전 백화점에서의 일에 대한 뒤늦은 감사인가?'

하여튼 그녀의 그 말은, 뭔가 묘한 어감으로 철민을 찜찜하게 만드는 데가 있었다.

그러나 기왕 불유쾌한 체 나가려는 마당에 다시 돌아서기도 뭐해서, 철민은 대꾸하지 않고 내처 그냥 밖으로 나간다.

흑풍대

밤 9시.

도심에서야 한창 붐빌 시간이겠지만, 도심 외곽의 한적한 지역에 위치한 데다 추적추적 가랑비까지 내리고 있는 안가 주변은 벌써 한밤중이었다.

안가의 본채 2층에는 네 개의 방이 있다. 두 개는 손님용으로 평소 사용하지 않았고, 나머지 두 개는 한상운과 강혁수가 사용했다.

미후는 한상운의 방에 있었다.

정확하게는 그 방의 책장을 밀면 나타나는, 비밀스러운 또 하나의 방에 들어와 있다.

그곳은 바로 안가의 보안 통제실이다.

통제실의 한쪽 벽면을 가득 채우고 있는 10여 개의 화면에는 본채 주변과 정원 곳곳이 떠올라 있다.

그러나 가늘게 흩날리는 빛줄기가 간간이 외등 불빛에 반사되는 것을 제외하면 화면에 비치는 광경들은 죽은 듯이 조용히 정지되어 있다.

"삐~!"

"삐~!"

이내 나직한 경보음이 잇달아 울리기 시작한다.

요소요소에 설치된 센서들에 침입의 징후가 감지됐다는 표시다.

화면에 비치는 광경들이 변하고 있다.

CCTV들이 작동된 센서들 쪽을 향해 자동으로 각도를 조절하는 데 따른 것이다.

그러나 곧이어 화면들 중의 몇 개가 잇달아 꺼졌다.

CCTV들이 작동 불능이 되고 있는 것이다.

"시작되었군! 좋아, 오라! 흑풍대!"

미후는 나직이 중얼거렸다.

최고 최강!

그 실체도 없는 명예의 왕좌를 두고, 기사기조와 흑풍대는 지난 수백 년 동안 치열한 전쟁을 치러왔다.

그리고 당대에 이르러 기사기조는 더 이상 흑풍대의 경쟁 상대가 되기를 포기해야만 했고, 왕좌는 마침내 흑풍대의 것이 되었다.

그러나 두 닌자 가문 사이에는 여전히 남은 것이 있다. 바로 대대로 쌓인 처절한 원한이다.

기사기조의 마지막 명맥까지 말살하고자 하는 흑풍대의 잔혹한 살수를 피해, 미후는 남은 조원들을 이끌고 낯선 한국 땅까지 도망을 쳐야만 했다.

그러나 흑풍대는 기어이 이곳까지 추격을 해왔고, 이제 기사기조의 마지막 숨통을 끊어놓으려 하고 있다.

저들이 자신들의 공격을 굳이 예고한 것은, 끝까지 기사기조를 조롱하고자 함일까? 차라리 깨끗하게 할복을 택하라는!

상대가 되지 않는다는 건 분명하다.

더 이상 도망칠 여력도, 의지도 없다.

그러나 할복할 수는 없다.

결과는 이미 분명하지만, 마지막까지 싸워야만 할 너무도 분명한 이유가 있기 때문이다.

강이권과의 계약이다.

계약을 중도에 포기했으니, 목숨으로 보상해야만 한다.

그것이 기사기조의 율법이다.

그것이야말로 닌자 가문으로서 기사기조가 지난 수백 년간 존재해 온 근간이자 명예이다.

바보 같은

안가의 외곽 담장 주변과 정원을 밝히던 외등들이 모두 꺼졌다.

어두운 담장 위를 검은 그림자 수십 개가 미끄러지듯이 넘어들더니, 순식간에 사방으로 흩어졌다.

통제실의 화면 네 개가 적외선 영상으로 그 광경들을 비추고 있다. 교묘히 은폐되어 있거나, 제거가 용이하지 않도록 단단히 방호가 되어 있는 덕분에 적들이 미처 제거하지 못한 카메라들이다.

정원과 담장 일부를 비추는 외곽 3번 카메라!

본채의 외부를 비추는 외부 1번과 외부 2번 카메라!

그리고 본채 1층의 내부 전경을 비추는 내부 1번 카메라!

통제실의 미후가 전체적인 상황에 대응하는 데는 그 네 대의 카메라만으로도 충분했다.

적들의 수는 최소 50명 이상으로 추정된다.

기사기조는… 그녀 자신을 포함해 총 열다섯이었다.

삑!

삐익!

짧고 나직한 휘파람 소리들이 울린다. 흑풍대 특유의 신호다.

간헐적으로 울리는 그 소리들 사이로,

후웅!

훙~!

아주 멀리서 울려오는 듯한 묘한 소리가 섞여 든다. 극저음으로 다른 소리들을 뚫고 멀리까지 퍼져 나가는 파장을 지닌, 기사기조 비전의 신호음이다.

미후의 얼굴이 딱딱하게 굳고 만다. 정원에 배치된 열 명의 매복조가 적들의 집중 공격을 받고 있으며, 이미 사상자가 발생했다는 보고였다.

그러나 미후는 침착하게 소매 속에서 작은 호각 하나를 꺼내 입에 문다.

후우~ 웅!

후웅~ 웅!

매복조에게 본채로 철수하라 명하는 신호다.

곧이어 내부 1번 카메라가 현관을 통해 접근하는 자들을 비추고 있다.

다섯! 결국 매복조 중 다섯이 벌써 희생되었다는 것이리라.

외부 1번과 외부 2번 카메라에도 새로운 영상이 잡힌다.

본채의 지붕을 장악하고, 또 일이 층의 창문을 통해 본채 내로 침투를 시도하고 있는 흑풍대의 모습이다.

그러나 간단치 않은 방호 장치가 되어 있어, 적들은 쉽게 뚫지 못했다.

쾅~!

크지 않지만 묵직한 폭발음이 일었다. 현관 쪽이다.

내부 1번 카메라에 안쪽으로 무너져 들어오는 현관 철문이 잡혔다. 소형 플라스틱 폭탄으로 철문의 힌지 부분을 폭파한 것이리라.

연이어 화면은 뭉클거리며 짙은 연기가 피어오르는 거실의 광경을 비추고 있다. 연무탄이다.

콰앙!

다시 폭음이 일더니 외부 2번 카메라에 1층의 창문 하나가 부서져 나가는 광경이 잡힌다. 이어 적들이 1층 거실로 침투했다.

미후는 담담하게 호각을 입에 문다.

후우우~ 웅!

살아남은 조원들 전원을 향한 2층으로 퇴각하라는 지시였다.

적들이 본채로 침투해 들어온 이상, 이제는 최후를 준비해야 했다. 남은 조원들과 마지막 순간을 함께하리라.

물론 수백 년 기사기조의 역사가 산화하는 순간 제물이 없어서는 안 될 일! 기사기조의 장렬한 최후에는 적들도 함께하리라!

2층에는 본채 전체를 날려 버리기에 충분한 대량의 화약이 매설되어 있다.

통제실 안으로 들어온 조원들은 다섯! 그사이 다시 넷이 희생되었다.

쿵~!

쿵~!

안으로 굳게 잠긴 통제실의 문이 금방이라도 부서져 나갈 듯이 들썩댔다.

미후는 다섯 조원들과 차례로 눈을 마주친다. 그리고 마지막 인사로 잔잔한 미소를 교환한다.

그러나 그녀의 눈에는 어쩔 수 없이 촉촉한 습기가 차오른다. 수백 년 전통의 기사기조가 그녀의 대에 이르러 결국 멸문하고 마는 순간인 것이다.

그녀는 기폭 장치의 버튼에 가만히 손가락을 올린다. 이대로 누르기만 하면 모든 게 끝이다.

그런데 그녀가 마지막으로 주변을 한번 둘러볼 때였다. 화면 속의 작은 움직임 하나가 설핏 눈에 들어온다. 외곽 3번 카메라가 어설픈 움직임으로 담을 넘어 들어오는 한 사람의 모습을 잡고 있는 중이다.

순간 그녀는 흠칫 얼어붙고 만다. 바로 강이권이었다.

"아아! 바보 같은……!"

미후는 탄식하고 만다.

설마

담에서 뛰어내려 정원으로 내려선 강이권이 갑자기 펄쩍 뛰며 옆으로 피해 나갔다. 동시에 방금 그가 등지고 섰던 담장에서는 작은 불꽃 수십 개가 반짝이며 명멸하고 있었다. 암기였다.

"엄폐물을 찾아!"

미후는 저도 모르게 외쳤다. 강이권에게 들릴 리 없는 외침이다.

그때 강이권은 다시 바짝 몸을 낮춘 채 빠르게 움직이고 있었다. 마치 땅바닥에 하나의 직선이 쭉 그어지는 것처럼 빠르다.

그리고 그의 모습은 이내 화면에서 사라져 버린다. 외곽 3번 카메라의 감시 반경에서 벗어난 것이다.

미후는 의자를 놓고 그 위에 올라선다. 그리고 천장의 석고 보드를 들어 올린다. 드러난 구멍 안쪽으로 사다리처럼 설치된 철제 구조물이 보인다. 안가의 비상 상황을 대비해 안배된 탈출 통로다. 그녀는 점프해서 구조물의 하단을 잡는다. 그리고 다시 몸에 반동을 주어 구멍 속으로 올라선다.

그녀는 흑풍대에게 최대한의 대가를 치르게 하며 장렬히 산화하려던 계획을 일단 포기했다. 눈앞에 보이는 고용주의 위험을 도외시하고서는, 그녀와 기사기조의 명예로운 최후 또한 있을 수 없다. 최후의 순간까지 최선을 다하리라. 그리고 끝내 지키지 못하게 되었을 때, 그때 산화로 보상하는 것이야 말로 진정 기사기조의 마지막 명예를 세우는 일일 것이다.

퍼석!

그녀의 일격에 석판이 간단히 부서진다. 지붕으로 통하는 비상 통로는 바깥에서 볼 때는 지붕의 다른 부분들처럼 단단한 콘크리트처럼 위장되었으나, 사실은 얇은 석판으로 덮여 있었다. 그녀는 단숨에 지붕 위로 솟구쳐 오른다.

피~ 잇!

칼날 하나가 그녀의 옆구리를 찔러든다. 몸이 허공에 떠 있는 중이니 운신이 곤란하다. 그러나 각오하고 있던 바다. 그녀는 차라리 칼날을 받아들여 옆구리와 팔 사이에다 낀다. 그리고 손에 쥐고 있던 비수를 던져낸다.

"끅!"

흑풍대 하나가 나직한 비명을 토해내며 무너져 내렸다. 목에 손잡이까지 깊숙이 꽂혀 버린 비수를 움켜잡은 채였다.

미후는 그자를 자신의 몸 위로 끌어당기며, 그대로 지붕에 몸을 누인다. 그러나 예상되었던 추가 공격은 없었다.

그녀는 방패로 삼았던 적의 시신을 밀쳐낸다. 그리고 두 바퀴 몸을 굴려 그 위치를 빠져나가는 동시에, 재빨리 지붕 위의 전체적인 상황을 파악한다.

그런데 그녀가 예상했던 것과 다르다. 지붕은 흑풍대가 이미 장악하고 있는 것으로 판단했으나, 지붕 위의 적은 방금 그녀가 처리한 한 명이 다였다.

옆구리가 축축하다. 벌써 피로 홍건히 물든 옷자락을 들쳐 보니 상처가 제법 깊었다. 방금 전 베인 모양이다. 그러나 상처를 돌볼 틈은 없었다. 뒤이어 지붕으로 올라온 다섯 조원이 그녀의 주변으로 포진하고 있다.

미후는 지붕 아래 정원의 상황을 살폈다. 의외이게도 흑풍대의 전력은 지금 정원 쪽으로 집중되어 있다. 중요시하지 않을 수 없는 거점인 지붕을 단 한 명이 지키고 있었던 것도 같은 맥락일 것이다.

이어 그녀는 정원에서 펼쳐지고 있는 한 가지 기묘한 광경을 볼 수 있었다. 강이권이었다. 그는 지금 미후로서도 감탄하지 않을 수 없을 만큼 놀라운 속도로 움직이고 있는 중이었다.

처음에 미후는 강이권이 사력을 다해 도망치고 있는 것이라고 보았다. 퍼부어지는 암기들과 또 사방에서 덮쳐드는 흑풍대의 공격을 피해!

그러나 그녀는 이내 달리 보지 않을 수 없었다.

위태롭기는 하지만 위기의 순간마다 그는 감탄스러울 만큼 절묘한 임기응변을 보여주고 있었다.

뭔가 어설퍼 보이기는 했다. 그러나 순간순간 나아가고 물러나고 돌아가는 보법과 지형지물을 이용하여 요령껏 피하고 숨는 재주들이 참으로 놀랍다.

더욱 놀라운 것은 그의 임기응변들이 빠르게 능숙해지고 있다는 점이다. 뭐랄까, 마치 누군가 곁에 따라붙어서 코치를 해주는 듯하달까? 혹은 그가 그런 데 대해 이론적으로는 이미 충분히 이해하고 있어서, 지금 실전을 통해 빠르게 몸에 익히고 있는 듯하달까?

어느 순간부터 강이권 주변의 흑풍대가 픽픽 쓰러져 나갔다.

분명히 그는 혼자다. 그럼으로써 그 이해하기 어려운 광경은 그가 만들어내고 있는 조화임에 분명하다. 암기 아니다. 암기의 전문가라고 할 수 있는 미후로서도 그가 암기를 쓰는 어떤 기미도 흔적도 찾아낼 수 없었으니까!

그러다 그녀는 이윽고 특이점 하나를 발견한다. 그의 오른손이었다. 무지(拇指)를 가볍게 튕기는 듯한 움직임에, 그쪽 방향에 위치한 적들이 속속 쓰러지고 있었다.

'설마……?'

미후는 퍼뜩 무언가를 떠올렸다. 그러나 곧바로 고개를 가로저었다. 황당한 상상이다. 까마득한 옛날 얘기나 전설에서나 나오는 얘기일 뿐인!

그들의 율법

강이권을 중심으로 흑풍대의 포위망이 빠르게 구축되어 가고 있다. 흑풍대의 악명 높은 협공진이다.

더는 지켜보고 있을 수 없다. 진이 완성되기 전에 외곽을 뚫어야만 한다.

미후는 곧장 지붕 아래로 뛰어내린다. 다섯 조원들이 일제히 그녀의 뒤를 따른다.

그녀와 조원들은 그대로 협공진의 외곽을 치고 들어간다.

미처 예상하지 못했던 기습 공격에 당황했던지, 흑풍대의 진형은 일시 흐트러지는 기미를 보인다.

그 틈을 타서 그녀와 조원들은 진형의 종심을 가르며 곧장 강이권을 향해 나아간다.

삐~ 익!

삐~ 익!

두어 번의 급한 휘파람 소리가 울린다. 흑풍대의 진형이 금세 정렬되었다.

미후와 다섯 조원은 서로의 간격을 좁힌다. 이제부터다. 그들의 모든 것을 불살라야 한다.

가차 없이 찌르고 베는 칼날들을 따라 점점이 피가 튄다. 누구의 핀지, 적의 것인지, 아군의 것인지 구분할 수 없다.

미후는 이를 악물고 칼을 휘두르면서 강이권을 찾는다.

그녀는 문득 마치 환상과도 같은 광경을 목격한다.

강이권이 빠르게 그녀가 있는 쪽으로 다가오고 있었다. 난무하는 칼날들 사이에서 그의 주먹이 번개처럼 허공을 가르고 있다. 그리고 그때마다 적들이 속속 나가떨어지고 있다.

미후는 마침내 강이권과 만났다.

그녀는 무심한 얼굴로 강이권의 곁을 지켜 선다.

생존한 기사기조의 조원들은 강이권에 의해 쓰러진 주변 적들의 심장을 가차 없이 찔러대고 있다.

그들은 살귀(殺鬼)의 모습이다.

미친 듯이 죽이고 또 죽인다.

그것이 그들의 율법이다, 살수의 율법!

적들 또한 그들과 같은 율법을 가지고 있다.

삐이~ 익!

날카로운 휘파람 소리가 길게 울렸다.

일순 흑풍대가 일제히 뒤로 물러난다.

이어 그들은 속속 담을 넘어 사라져 간다. 마치 썰물이 빠져나가는 것처럼!

우리 술 한잔할까요?

안가의 넓은 정원에는 철민과 미후, 그리고 전신에 피를 뒤집어쓴 기사기조의 조원 둘이 서 있었다.

그리고 한쪽에 세 명의 기사기조 조원이 쓰러져 있을 뿐이다.

방금 전까지의 그처럼 치열하고 잔혹했던 전투를 생각한다면 의외롭기까지 했다.

흑풍대는 물러나는 그 짧은 시간 동안 죽고 다친 동료들을 모두 수습해 갔다.

미후는 눈 한 번 깜빡이지 않고 철민에게 집중한 채 서 있었다.

철민이 모른 체하다가, 이윽고는 찡긋 인상을 그리며 불편하다는 표시를 한다.

미후가 그제야 시선을 돌리며 두 명의 조원에게 간단한 손짓으로 지시를 한다.

두 조원이 빠르게 움직인다. 우선은 시신 셋을 수습한다. 그런 다음 본채로 들어가 다시 동료 넷의 시신을 수습해 나온다.

그것이 다가 아니다. 정원 외각의 몇 그루 키 큰 소나무들이 서 있는 곳으로 가더니, 다시 다섯을 찾아내 수습해 온다.

그렇게 기사기조의 조원 열둘의 시신이 한 군데로 모아졌다.

철민은 시신들의 참혹한 형상을 보면서 방금 전까지 벌어졌던 잔혹함을 새삼 실감했다. 그리고 문득 섬뜩해져 저도 모르게 부르르 진저리를 쳤다.

"일단 여기를 벗어나요!"

미후가 무겁게 말했다.

'벗어나자고……?'

내심 반문했지만, 철민은 이내 공감한다. 이곳을 벗어남으로써 이곳에서 벌어졌던 잔혹함과는 무관한 입장이 되고 싶다는 생각이 든 것이었다.

'일단 안가를 벗어났다가 한상운과 강혁수가 집에 돌아온 것을 확인하고 나서, 모르는 체 다시 들어오는 것도 괜찮으리라. 그리고 어쩔 수 없이 남겨진 흔적들에 대해서는 오히려 깜짝 놀란 체 연기를 해주면 되는 것이리라.'

그렇더라도 철민은 맘에 걸리는 한 가지가 있었다. 바로 CCTV에 녹화되었을 영상. 그러나 미후의 한마디로, 그는 그런 걱정에서도 간단히 풀려날 수 있었다.

"처음부터 녹화되지 않았어요!"

철민이 방으로 가서 급하게 몇 가지 물건을 챙기고 다시 밖으로 나왔을 때, 기사기조의 조원들은 보이지 않았다.

한곳에 수습되어 있던 시신들 또한 보이지 않았다.

정원은 본래의 고요함을 되찾은 듯했고, 어둠에 잠긴 사방은 마치 아무 일도 일어나지 않은 듯 적막하기만 했다.

그러나 날이 밝으면 드러날 것이다. 정원 곳곳에 남은 잔혹한 흔적들과 깨지고 부서져 엉망이 된 본채 내부의 광경들도!

집 밖으로 나온 철민과 미후는 잠시 망연히 서 있었다.

"어디 갈 데라도……?"

철민이 먼저 입을 떼보았지만 괜히 이상한 느낌만 들었다.

"우리 술 한잔할까요?"

미후가 불쑥 말했다.

"응?"

철민이 얼떨떨해하며 반문한다. 그러나 말을 뱉어놓고는 스스로도 어색한 기색이 되어 있는 미후를 보고는 얼른 덧붙인다.

"술 좋지! 어디로 갈까?"

제9장
두 사람만의 비밀

피할 수 없다고? 그럼 안 피하면 되지, 뭐!

조용한 분위기의 룸 카페에 철민은 미후와 마주 앉아 있었
다.

간단히 술과 안주를 시키고 나서는 딱히 할 말이 없었고,
그런 건 미후 또한 마찬가지인 듯해 두 사람은 그저 묵묵히
앉아 있었다.

조명 때문일까?

철민은 문득 미후의 얼굴에 은은한 홍조가 드리워진 것 같

다는 생각을 했다.

그리고 그것은 그녀를 조금쯤 쑥스러워하고 있는 것같이 보이도록 만들었다.

그 때문일까?

이상한 말이지만… 그녀가 문득 여자로 보이기도 한다.

적어도 지금까지의, 살인도 간단히 해치우는 냉혹한 닌자로서의 느낌과는 완연히 다른 데가 있었다.

이윽고 술과 안주가 나왔다.

미후가 얼른 술병을 잡더니 철민의 잔을 채워준다.

싫을 이유는 없어서 철민이 흐뭇하게(?) 받는다.

철민도 미후의 잔에 술을 채워주려는데, 그녀는 머리를 숙이며 깍듯하게 두 손으로 술잔을 받쳐 올린다.

'게이샤?'

당황스러운 와중에 철민은 언뜻 그런 생각을 떠올렸다. 영화에서나 보던 일본 기생의 모습 같지 않은가 말이다.

미후는 받은 술잔을 단숨에 비운다. 그리고 조용히 자리에서 일어나더니, 다시금 철민을 향해 깊숙이 허리를 숙인다.

"오늘 도와주신 덕분에 저희 기사기조는 다시 명맥을 이어갈 수 있게 되었습니다. 깊이 감사드립니다!"

철민이 어깨가 으쓱해졌다.

어떻게 돌아가는 상황인지는 여전히 알 수 없는 노릇이었지만, 그 자세한 사정에 대해서 철민은 굳이 묻지 않기로 했다.

궁금한 점이 많기로 따지면, 그녀의 입장에서도 피차 마찬가지일 터였다. 그리고 사람마다 남들에게 자세히 말하지 못할 사정 몇 가지쯤은 있는 법 아니겠는가.

미후의 표정이 문득 무거워졌다.

"저희 기사기조 열둘! 적은 최소 열다섯에서 스물! 양측의 사망자는 총 스물일곱에서 서른입니다. 이번 전쟁의 결과죠."

"음……!"

철민은 어쩔 수 없이 무거운 탄식을 내뱉었다.

미후가 가라앉은 목소리로 말을 잇는다.

"대표님도 함께 만든 결과입니다. 그들은… 한번 적이 되면 어느 한쪽이 완전히 파멸할 때까지 결코 놓아주지 않는, 지독히도 잔혹하고 집요한 자들입니다! 그럼으로써 대표님 또한 앞으로의 전쟁을 피할 수 없게 되었습니다."

깊게 가라앉은 눈빛, 그리고 무거운 표정만으로도 그녀가 지금 얼마나 심각한 얘기를 하는지를 짐작할 수 있을 듯했다.

그러나 철민은 막상 실감이 나지는 않는다. 생각해 보면 요즘의 그의 일상 자체가, 말 그대로의 보통의 일상(日常)은 아닌 것이다. 평범하지 못한 일이 오히려 더 많았으니, 익숙해지려고 애를 쓰고 있는 중이다.

이 새로운 문제에 대해서도 그는 쉽게 생각하기로 했다. 평범하지 못한 일상이 하나 더 추가된 것쯤으로!

"피할 수 없다고? 그럼 안 피하면 되지, 뭐!"

철민이 툭 뱉듯이 말했다.

미후가 묵묵히 철민의 두 눈을 응시한다.

철민이 싱긋 가벼운 웃음을 떠올리며 말을 잇는다.

"지독히도 잔혹하고 집요한 자들이라고? 그런 자들과 전쟁을 해야 한다고? 그래, 꼭 해야만 한다면 해보자고! 대신… 미후가 계속 날 지켜줄 것 아냐? 안 그래?"

'대범한 척'이었다.

미후가 가만히 한숨을 내쉬며 고개를 가로젓는다.

"오늘 보셨다시피 그들의 전력은 저희 기사기조를 압도합니다. 더욱이 기사기조는 이제 저와 두 명의 조원만 남았을 뿐이니, 대표님의 경호를 계속 수행하기는 사실상 어렵게 되었습니다."

철민이 피식 실소한다. 그리고 짐짓 시큰둥하게 받는다.

"그 말, 내 경호를 더 이상 못 하겠다는 얘기야? 그럼 난 어떡하라고? 그리고 그건 계약 파기잖아? 안 되지! 사정이 좀 어려워졌다고 해서 계약을 파기하겠다는 건 도리가 아니지!"

그러나 미후는 차분하다.

"다시 말씀드리지만, 저희에게는 더 이상 계약을 이행할 능력이 없습니다. 게다가 저희가 계속 곁에 머물면, 오히려 대표님을 더욱 위험하게 만들 뿐입니……."

"그럼에도 불구하고!"

철민이 미후의 말을 간단히 잘랐다. 그리고 차분한 투로 묻는다.

"내가 끝까지 계약을 이행할 것을 요구한다면?"

미후가 노려보듯 철민과 시선을 맞춘다. 그리고 잠시 후, 그녀는 나직이 한숨을 뱉으며 대답한다.

"기사기조는, 한 번 맺은 계약에 대해 결코 일방적으로 파기하지 않습니다!"

철민이 싱긋 웃음기를 되돌리며 받는다.

"나도 그래!"

그리고 철민은 술병을 잡으며 짐짓 걸걸하게 덧붙인다.

"자! 얘기 다 끝났으면 이제 술이나 마시자고! 우리 여기 술 마시러 온 거잖아?"

두 사람만의 비밀

어떤 경우에도 결코 흐트러지지 않을 것 같더니, 이윽고 미후는 그 단단한 면모를 조금씩 벗어내고 있다.

취기 때문만은 아닌 것 같다.

어쩌면 그녀는 지금, 스스로의 의지로 잠시 닌자의 모습을 벗어버리려 하는 것인지도 모른다.

미후는 자신의 얘기를 하고 있다.

서른셋!

그녀가 자신의 나이를 얘기했을 때 철민은 움찔하지 않을 수 없었다.

여태껏 한 번도 그녀가 연상이라고 생각해 보지 않았다. 그런데 연상이라니? 그것도 자그마치 다섯 살이나?

정말이냐고 확인하고 싶지만, 입이 떨어지지를 않는다. 뭐라고 물어본단 말인가?

"정말이야?"

아니면,

"정말이세요?"

그냥 입 다물고 듣고만 있는 게 속 편할 노릇이다.

미후는 아주 어릴 때부터, 그녀 스스로의 표현을 빌리자면 어머니 뱃속에서부터 지옥의 수련이 시작되었다고 했다.

기사기조의 조장으로 길러지면서는 오로지 임무와 율법에만 목숨을 거는, 피도 눈물도 없는 철혈의 심성으로 단련이 되었다고 했다.

철민에 대해서 그녀는, 그가 그런 놀라운 면모를 숨기고 있는지는 정말 몰랐다고, 새삼 놀라움과 감탄을 표시했다. 닌자로 살아오면서 숱은 기인들과 강자들을 보아왔지만, 철민과 같은 능력자는 처음이라고도 했다.

그런 말까지 듣자, 철민은 그녀가 강자 숭배 취향이 아닌가 하는 생각을 뜬금없이 해보면서 괜스레 기분이 이상해지기도 했다.

그런 건 어쩌면 일본 여인에 대한 그의 이해와 지식이 짧고 단편적일 뿐만 아니라 다분히 편파적이고 왜곡되어 있기 때문일까?

이를테면 일본 여인들이 강한 남자에 대해 무조건적인 순종 본능 같은 게 있다는 따위의…….

미후의 얘기를 다 듣고 난 철민은 그녀에게 한 가지를 당부했다.

그와 그녀가 서로에 대해 새로이 알게 된 사실들에 대해서는 그들 두 사람만의 비밀로 두자고!

미후는 조금의 이의도 없이 동의했다.

그에 두 사람은 서로에 대해, 사뭇 강화된 유대감 같은 것을 공감할 수 있었다.

빌라

흑풍대의 안가 침공 사건 이후, 철민은 결국 거처를 옮기게 되었다.

물론 미리 작정했던 대로 철저히 '모르쇠'로 대응했기에, 박 윤호 팀장 등은 한동안 사건의 전모를 캐기 위해 바쁘게 움직이는 듯했다.

그러나 아마도 미후 쪽에서 완벽에 가깝도록 꼬리를 끊은 모양인지 그 사건은 결국 미제로 결론을 맺는 것 같았다.

그에 여전히 존재하는 미상의 리스크에 대해서는, 철민의 거처를 옮기는 쪽으로 대책이 나오게 된 것이었다.

총 18층.

층당 100여 평 규모의 독채.

세대별로 독립적인 주차장과 엘리베이터를 갖추고, 등록된 인원 외에는 출입이 원천적으로 차단되는 철저한 보안 시스템.

철민이 새로 거처로 삼은 고급 빌라의 대표 사양이다.

전세금만 자그마치 30억이다.

당연히(?) 철민이 지불했다.

그 호화로운 공간에서 생활하는 사람은 단둘이다.

철민과 미후!

한상운과 강혁수는 그들의 본업(?)에 보다 전념하기로 했다.

허드렛일

빌라에서 단둘이 생활하면서 철민과 미후의 사이는 훨씬 더 친밀해졌다.

적어도 철민은 그렇게 느끼고 있는 중이다.

다섯 살이나 연상인 걸 알았지만, 그는 여전히 미후에게 하대를 한다.

물론 한동안은 나이 대접(?)을 해주려고도 했었다. 그러나 이미 입에 익어버렸고, 서로에게도 익숙해진 말투를 바꾼다는 게 쉽지 않았으며 불편하기까지 했다.

결국 그는 슬며시 하대로 되돌아가 버렸다.

미후도 모르는 체 받아주었다.

그게 편했다.

미후는 몰라도, 그로서는!

요리며 빨래며 집안 청소 등의 가사는 미후가 챙기고 있었다.

그것 또한 처음에는 분담하려고 했으나, 역시나 잘되지를 않았다.

철민으로서는 할 줄도 모르고, 배울 의지도 없었다.

결국 답답한 사람이 하게 되어 있다고, 슬그머니 미후가 전담하는 것으로 되어버렸다.

　하긴, 그녀와 맺은 계약금이 얼마며, 또 빌라 전세금이 얼마인데!

　그가 그런 허드렛일까지 해야 된다면, 억울한 생각이 들지 않겠는가?

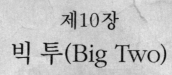

제10장
빅 투(Big Two)

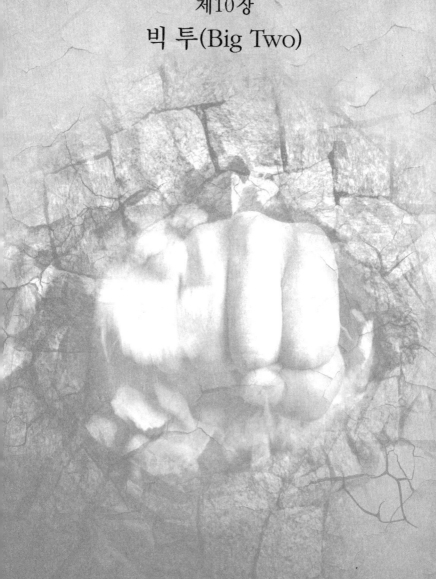

우린 한 팀이지 않소?

　박윤호 팀장에게서 만나자는 연락이 왔다. 시내 일식집에서.

　넓은 집을 두고 굳이 밖에서 만나자는 것에 대해 철민은 불만이 없다.

　철민에게 박윤호 팀장은 좀처럼 친숙해지기 어려운 인물이다.

　박윤호 팀장이 집에서 만나자고 했더라도, 철민은 장소를 바꿨을 것이다. 번거롭게 집까지 올 건 없고, 그냥 밖에서 만나자고!

"혹시 좀 더 해볼 생각 없소?"

술 한 잔에 안주로 전복 회 한 점을 맛있게 씹어 삼킨 박윤호 팀장이 불쑥 물었다.

느닷없는 소리에 철민은 힐끗 쳐다보는 것으로 반문을 대신한다.

박윤호 팀장이 조금은 궁색한 기색으로 덧붙인다.

"예전에 했던 그… 주식과 선물거래 말이오!"

철민은 저도 모르게 확 인상을 썼다. 그러나 그는 애써 추스르며 덤덤한 척 묻는다.

"밑도 끝도 없이 그게 무슨 말씀이십니까?"

"아니… 그러니까 내 말은……."

박윤호 팀장이 말을 꺼내다가 스스로 술잔을 채워 쭉 하고 단숨에 잔을 비운다. 그리고 그가 목소리를 낮추며 다시 말을 잇는다.

"전에 얘기했던 프로젝트 말이오."

'프로젝트?'

언뜻 의아했으나, 그것이 무엇을 말하는지 철민은 곧바로 떠올릴 수 있었다.

'국익 차원에서 반드시 수행되어야 하지만, 몇 가지 특수한

상황들 때문에 정부가 직접 나설 수 없는 비밀 프로젝트!' 그래서 철민의 도움이 절실하게 필요하다던 바로 그것!

"당초의 예상보다 프로젝트의 규모가 커졌소."

박윤호 팀장의 그 말에 철민은 곧바로 짐작해 볼 수 있었다. 박윤호 팀장이 무슨 얘기를 하고자 하는지에 대해.

"프로젝트의 규모가 커졌다는 것은, 소요 비용 또한 기존의 예상치보다 늘어났다는 것일 테고, 그 늘어나는 만큼의 자금을 저보고 어떻게 마련해 볼 수 없겠느냐, 뭐, 그런 말씀을 하시려는 겁니까?"

철민은 가벼운 투로 물었다.

박윤호 팀장이 쓰게 웃음을 떠올렸다가 다시 지우며 짧게 받는다.

"그렇소!"

"재미있군요. 그때 저에게 비정상적인 거래라고 하지 않았던가요? 새로운 형태의 어떤 조작이나 내부자거래 등이 반드시 있는 것이라고도 했던 것 같고……. 음! 자칫 우리나라 전체 금융시장을 심각하게 교란시킬 수 있다고도 했던 것 같습니다만……?"

"비정상적인 방법으로 취한 것이라고 하더라도, 국가와 사회 공공의 이익을 위해 쓰인다면 결국 올바른 가치를 부여할 수 있다고도 했었소. 김 대표가 곤란해하리라는 예상이야 이미 하고 온 바이지만, 그래도… 다만 얼마간이라도 좀 맞춰보면 안 되겠소? 물론 기존의 건수에 더해, 추가적인 건수에 대해서도 역시 김 대표가 향후 완전히 자유로워질 것이란 점은 분명히 보장하겠소."

철민은 쓴웃음을 짓고 만다. 이제는 하고 싶어도 할 수 없는 일이었다.

시거! 그건 이제 완전히 불가능해졌으니 말이다.

"전 못 합니다."

"김 대표! 그러지 말고……."

"할 마음도 없지만, 하고 싶어도 이제는 불가능합니다."

"불가능하다……?"

"그때는 신이 들렸었다고 해야 할까요? 어느 순간 갑자기 그렇게 하면 그냥 될 것 같은 영감 같은 게 불쑥불쑥 떠올랐고, 또 그것들이 족족 들어맞았습니다. 제 스스로도 이해하기 어려운 현상이었지요. 그러나 어느 순간, 그런 영감은 갑자기 사라져 버렸습니다. 감쪽같이 말입니다. 그리고 그것이 지금도, 앞으로도 다시는 돌아오지 않을 거라는 걸 저는 압니다. 직감이랄까요? 아니, 확신이라고 해도 좋습니다. 그래서 불가능하다고 하는 겁니다."

철민은 그런 식으로 설명할 수밖에 없었다.

박윤호 팀장은 반쯤 의심스러워하고, 또 반쯤은 허탈해하는 기색이었다.

그러나 그는 역시 결단이 빠른 사람이다. 자신이 믿든 안 믿든, 또 철민이 하지 않으려 하는 것이든 하지 못하는 것이든, 어쨌든 할 수 없다는 쪽으로 바로 결론을 내린 듯하다.

"그런 놀라운 능력이 사라져 버렸다니, 참으로 아쉽기 짝이 없군!"

그리고 박윤호 팀장은 미리 준비라도 하고 있었던 듯 술술 얘기를 풀어낸다.

"음… 그렇다면 다른 방법을 강구하는 수밖에! 사실은 차선책으로 검토하고 있는 방안이 하나 더 있소."

그러거나 말거나, 철민은 자신과는 무관한 얘기로 미리 돌려놓고 흘려듣는다.

박윤호 팀장이 빙긋이 웃으며 말을 잇는다.

"물론 그 방안 역시 김 대표의 도움이 필요하오."

철민은 내키지 않는다는 기색을 군이 숨기지 않는다.

"예? 제가 무슨 도움이 될 게 있다고……?"

그러자 박윤호 팀장은 문득 단호한 기색이 된다.

"우린 한 팀이지 않소?"

그 단정적인 말에, 철민은 당장 반박하기가 궁색해지고 말았다.

박윤호 팀장이 빙긋 웃음을 떠올린다.

빅 투(Big Two)

"혹시 빅 투(Big Two)라고 들어본 적 있소?"

박윤호 팀장이 불쑥 물었다.

철민은 그저 밋밋하게 고개만 가로저었다. 처음 들어보는 소리이기도 했고!

"그럼 진화 조폭에 대해서는?"

'조폭이면 조폭이지, 진화 조폭은 또 뭔가?'

철민은 역시나 고개를 가로저었다.

"그럼, 진화 조폭에 대한 얘기부터 해야겠군! 진화 조폭은 검경 쪽에서 주로 쓰는 용어인데, 일반 조폭과는 달리 기업 형태를 갖춘 조폭 세력을 뜻하는 것이오. 외형만 그렇다는 게 아니라, 실제로도 합법적이고 정상적인 경제활동을 하는 진짜 기업 말이오."

한바탕 강의라도 하듯이 박윤호 팀장의 얘기가 이어진다.

"말하자면 경리, 회계, 총무 등 기업의 정상적인 활동 체계를 갖추고 있으면서, 또한 정상적인 생산 활동과 영업 활동을 통해 매출과 영업이익을 발생시키고, 세무 처리까지도 지극히 정상적이오. 그러니 공권력도 함부로 건드릴 수가 없는 거지."

철민은 점점 관심이 멀어진다.

그러거나 말거나, 박윤호 팀장의 말은 꿋꿋하게 이어진다.

"그런 와중에는 국내 재계 순위 20위권 안에 들만큼 규모가 큰 곳도 두 곳이나 있는데, 그들이 바로 빅 투라고 불리는 곳이오. 대한민국 모든 조폭 세력의 신화이자 롤 모델이고, 그에 최종 목표가 되는 곳이지! 바로 태성그룹과 세진그룹이오! 두 곳이 다 유사하게 주유소, 유통업, 인력 개발, 식품업, 임대업 등 다양한 분야의 사업체들을 운영하고 있으니, 아마 김 대표도 한두 번쯤은 들어본 적이 있을 것이오."

철민의 시선이 흘깃 박윤호 팀장에게로 돌려진다.

박윤호 팀장이 희미하기 웃음을 떠올리며 말을 잇는다.

"검경의 보안 자료에 따르면, 그 두 그룹의 주력 사업은 별도로 있고, 철저히 숨겨져 비밀리에 운영되고 있다고 하오. 즉, 그들은 암중으로 일종의 비밀 청부 사업을 영위하면서 막대한 이득을 얻고 있다는 것이오. 이를테면 정상적 경로로는 해결하지 못하는 일들을 은밀하게 의뢰받고 처리해 준다는 것인데, 시장의 규모가 상상을 초월하고, 또한 그렇게 얻어진 자금들은 지하 조직의 운영 및 대규모의 불법 사업에 재투자가 되고 있는 것으로 보고 있소."

"검경에서 그 정도까지 조사가 되었다면, 정식으로 수사를 해서 법적 조치를 취하면 될 거 아닙니까?"

철민은 슬쩍 오랜만에 개입(?)을 했다.

박윤호 팀장이 싱긋 웃고 나서 받는다.

"그들이 괜히 빅 투라고 불리는 게 아니요. 어느 정도의 혐의를 잡았다고 하더라도, 확실한 증거 확보 없이 정식으로 수사에 착수하기란 결코 간단한 일이 아니란 거요. 어쨌든 국내유수의 대기업이고, 더욱이 그들의 은밀한 고객 중에는 재계와 정관계를 망라하는 사회 지도층 인사들이 상당수 포함된것으로 판단되고 있소. 그러니 섣불리 수사에 착수했다가, 그들이 조직적인 은폐와 방해, 나아가 외압까지 가해온다면, 실체에는 접근해 보지도 못하고 괜히 변죽이나 올리다 말기 십상이오. 또한 그로 인해 놈들을 더욱 건드리기 어려운 존재로만들어주는 꼴만 될 것이오."

박윤호 팀장의 그 말에 철민은 공감하기가 어려웠다.

적극적으로 추진해야 할 이유

"그래서 말인데……."

박윤호 팀장이 잠시 말을 끊었다. 철민의 주의를 환기시키려는 것이리라. 잠시 뜸을 들인 끝에 그가 불쑥 다시 입을 연다.

"그들이 불법적으로 쌓은 부를 우리가 한번 환수해 볼까하는 궁리를 해봤소."

"그게 무슨… 말씀이신지……?"

철민이 퍼뜩 당황스러워하며 반문했다.

박윤호 팀장이 담담하게 받는다.

"어차피 온갖 불법과 병폐와 비리로 만들어진 부이니, 우리가 환수해서 국가와 사회의 공익을 위해 사용한다면 오히려 좋은 일이지 않겠소?"

"불법적인 부를 우리가 환수한다는 건… 강제로 빼앗기라도 하겠다는 겁니까?"

철민이 설핏 비난조로 되묻고 말았다.

박윤호 팀장이 느긋하게 고개를 가로젓는다.

"강제로 빼앗는다기보다는, 법적으로 문제가 되지 않는 범위 내에서 최대한 방법을 찾을 것이오. 또한 소기의 용도를 다한 후에는 합당한 절차를 거쳐 국가에 귀속시키는 과정을 밟게 될 것이오. 그리고 이 일은……."

박윤호 팀장이 말끝을 흐렸다. 그러고는 희미하게 미소를 떠올리며 천천히 말을 잇는다.

"내 생각에는, 김 대표의 입장에서도 적극적으로 추진해야 할 이유가 있소!"

순간 철민은 기분이 더러워지고 만다. 박윤호 팀장의 입가에 걸린 웃음기가 왠지 자신의 목을 옭아매는 목줄이라도 되는 듯 느껴진 때문이었다.

"김 대표가 말했던 그 의문의 영감탱이라는 인물 말이오?

오종수가 그래도 제법 거물급에 든다고 할 수 있는 조폭 보스인데, 그런 그와 쉽게 연락할 수 있는 정도의 관계를 맺고 있으면서, 더욱이 그처럼 간단히 움직일 수 있는 정도의 영향력을 지닌 배후는 사실상 손가락에 꼽을 정도에 불과하다고 할 수 있소. 그런 측면에서 보자면, 그 바닥의 정점에 있는 빅 투야말로 충분히 용의선상에 둘 만하지 않겠소? 만약 아니라고 하더라도 빅 투를 흔들다 보면 어떤 형태로든 그 영감탱이란 인물의 단서가 잡힐 가능성은 상당히 크다고 할 것이오."

박윤호 팀장의 그 말에 철민은 번쩍 귀가 세워졌다.

박윤호 팀장이 차분하게 말을 잇는다.

"자! 대강의 그림을 한번 그려봅시다. 마약의 원주인은 국제 범죄 조직이오. 그들은 분실된 물건을 되찾기 위해서, 빅 투 중 한 곳에다 협조를 요청했소. 그리고 요청을 받은 빅 투 중 한 곳은 다시 오종수에게 지시 내지는 부탁을 했소. 어떻소, 제법 그럴듯하지 않소?"

철민의 생각이 바빠진다.

'박윤호 팀장의 그림대로 오종수를 움직인 영감탱이가 빅 투와 연관된 자이고, 다시 그 뒤에 더 큰 배후 즉, 중호라는 자와 방주라는 자가 속해 있는 국제 범죄 조직이 존재한다면?'

'영감탱이가 오종수와 관계를 맺고 있었던 이상, 오종수가 20년 넘게 굴러온 그 바닥에는 영감탱이를 알고 있는 또 다른

누군가가 반드시 있을 것이다. 그렇다면 빅 투를 파고들다 보면 영감탱이를 만날 수 있다?'

"김 대표의 막대한 자금력을 동원해서 확 밀어버릴 수도 있을 것이오!"

철민이 혼자 생각에 빠져 있다가 퍼뜩 다시 현실로 돌아왔을 때, 박윤호 팀장의 말은 그렇게 이어지고 있었다.

철민이 곧바로 묻는다.

"빅 투가 각기 재계 순위 20위권 안에 드는 규모라면서, 그게 가능하겠습니까?"

박윤호 팀장이 가볍게 고개를 끄덕이며 답한다.

"가능하지 않을 것도 없소. 물론 빅 투가 어마어마한 자금력을 보유하고 있는 건 사실이지만, 그렇다고 하더라도 다수의 자회사로 분할되어 있기 때문이오. 즉, 일정 규모 이상의 자금을 순발력 있게 움직이는 데는 아무래도 한계가 있을 수밖에 없을 거라는 얘기요. 상대적으로 김 대표의 자금은 언제라도 즉시, 그리고 집중적으로 투입할 수 있으니, 전략을 잘만 짠다면 허점을 만들 여지는 충분히 있을 것이오."

철민은 문득 입맛이 쓰다.

'이 양반이 이제는 아주 남의 돈을 마치 제 주머닛돈이라도 되는 것처럼 말하고 있지 않은가?'

철민의 내심을 짐작하기라도 했는지 박윤호 팀장이 빙그레 웃으며 덧붙인다.

"아, 그렇다고 해서 무작정으로 밀어붙이자는 건 아니요. 아직 구체적인 것은 아닌데, 이를테면 이이제이의 수법으로 먼저 놈들을 충분히 흔들어놓은 다음, 본격적인 전쟁에 돌입하는 방법을 검토하고 있는 중이오."

'이이제이? 이건 또 무슨 소리야?'

철민이 그리 생각할 때 박윤호 팀장이 차분하게 설명을 이어나간다.

"태생적으로 그럴 수밖에 없기도 하겠지만, 빅 투의 사업 영역은 예의 그 비밀 청부업을 제외하더라도, 상당 부분 서로 겹치고 있소. 대표적으로 요식업과 유통업, 그리고 유흥 서비스업 분야가 그렇소. 그러다 보니 양측의 주도권 경쟁이 치열할 수밖에 없는데, 특히 최근 몇 년간 후발 주자인 세진그룹 측에서 선점 주자인 태성그룹의 아성에 도전을 하고 있는 양상이라 분위기가 아주 살벌하오. 그나마 판을 아주 깨버리면 양측이 공멸로 가고 말 것이라는 쪽으로 큰 선의 합의를 이룬 모양인데, 현재는 대충 태성이 7, 세진이 3의 비율로 시장을 분할하는 선에서 잠시 휴전에 들어가 있는 형세요. 그러나 역시 그쪽 바닥의 본질상 이득 앞에서는 무슨 짓이든지 저지를 수 있는 자들이니, 지금의 휴전은 언제 깨어질지 모르는 살얼음판이나 마찬가지요."

박윤호 팀장이 잠깐 말을 끊고 숨을 돌린다. 그리고 불쑥 철민에게 묻는다.

"그런데 만약 누군가가 빅 투 사이에다 어느 쪽도 결코 거부할 수 없는, 아주 먹음직스러운 먹잇감을 하나 던져준다면, 어떻게 될 것 같소?"

박윤호 팀장이 표정으로 흐흐! 웃는다.

그러나 철민은 선뜻 대답할 수 없었다. 굳이 대답할 의지도 없었고!

제11장
작전

악몽

임경수는 서울공대를 졸업하고, 미국에 유학을 가 박사 학위를 땄다.

이후 그는 국내 굴지의 모 전자회사에 스카우트되어 승승장구하며 부장까지 올랐는데, 어느 날 아이디어 하나를 가지고 독립하여 벤처기업인 영진테크를 창업했다. 그때 나이가 겁 없는 서른일곱이었다.

사무실 안에다 야전침대를 놓고 숙식을 해결하면서 전력투

구한 지 5년! 그는 마침내 영진테크를 코스닥에 상장시켰다.

그리고 이후 다시 3년 여간! 영진테크는 그야말로 눈부신 성장을 거듭하며 연매출 500억대의 기업으로 성장했다.

영진테크는 앞으로의 성장 가능성이 무궁한 유망 벤처 기업으로 신문과 방송에 여러 차례 소개되기도 했고, 동 분야의 메이저 기업에서 획기적인 조건을 제시하며 인수 의사를 타진해 오기도 했다.

그러나 그는 조금도 흔들리지 않았다. 그의 포부는 아직 절반도 이루어지지 않았다. 그만큼 자신이 있기도 했다.

그런데 금년 초.

임경수가 전혀 생각지도 못했던 상황들이 갑자기 벌어지기 시작했다.

그 시작은 태성그룹의 프로젝트 사업부에서 들어온 투자 제의였다.

그는 생각할 것도 없이 단번에 거절했다. 영진테크의 사업 분야가 태성그룹이 운영하는 사업들과는 아예 무관하니, 시너지 효과를 기대할 것도 없었다. 또한 단순히 자금 투자라면 영진테크 자체로도 신용이 부족하지 않아 은행권을 통해서도 충분히 자금의 확보가 가능하니, 굳이 다른 곳에서 투자를 받을 이유는 없었다.

그런데 그 얼마 후였다. 주식시장에 영진테크와 관련해 소위 찌라시가 돌았다. 해외 업체와의 계약이 무산되었고, 그로 인해 수십억의 손실이 예상된다는 내용이었다.

당연히 허위 루머였다. 그러나 그 파장은 엄청났다. 당장 주식이 폭락하기 시작한 것이다.

즉각 해명을 공시하긴 했다. 그러나 시장의 분위기는 쉽게 되돌려지지 않았다. 성장 가능성으로 평가받는 벤처기업의 한계일 것이다.

그런데 또다시 루머가 돌았다. 이번에는 영진테크가 몇 년째 대규모의 자금을 투자해 연구, 개발하고 있는 차기 주력 신제품의 개발이 사실상 실패했다는 내용이었다. 또한 명백하게 의도적이고 악의적인 루머였다.

그러나 겨우 안정되어 가던 주식은 다시 폭락세로 돌아섰고, 아예 며칠간 하한가 행진을 했다.

다시 해명을 공시하고, 경찰과 금감원에도 신고를 하고 다급한 하소연을 했다. 그러나 조사와 정정에는 절차와 일정 시간이 필요했으니, 당장 회사가 무너지느냐 마느냐 하는 기로에서는 별무소용이었다.

설상가상으로 만기전환회사채와 금융권의 대출금 회수 압박이 가시화되기 시작했다. 당장 회사의 자금 사정이 급박하게 꼬이기 시작했고, 얼마 안 가 남의 일인 줄로만 알았던 부도 위험에 직면하게 되었다. 도무지 믿기 힘든 노릇이었지만,

현실이었다.

　다급한 와중에 얼마 전 태성그룹의 투자 제의를 떠올리고 염치 불고하고 연락을 했다. 당연하게도 거절이었다. 다만 그쪽에서는 안타까움을 표시하며 모험 투자사 한 곳을 소개해 주었다. 신화라는 투자자문사인데, 아마도 그곳이면 영진테크의 가능성을 여전히 평가해 줄지도 모르겠다고 했다.

　임경수에게 이것저것 따질 경황은 없었다. 그래도 대기업인 태성그룹에서 소개해 줬다는 사실에 기대는 마음도 있어서 즉각 신화로 연락을 했다.

　신화에서는 뜻밖에도 까다롭게 따지는 것도 없이 긴급 자금을 지원해 주겠다고 했다. 다만 그들의 본업인 투자자문에 대한 용역을 제공받아야한다는 조건이었고, 그것을 위해 유능한 전문가 세 사람을 추천할 테니, 영진테크에서 중간 간부급으로 채용해 줄 것을 요구했다.

　조금만 시간을 더 벌면 고비를 넘기고 회사가 금방 다시 안정을 되찾을 수 있을 것 같았고, 신화 측의 요구가 그렇게 무리한 것도 아니어서 그는 간단히 신화의 요구를 들어주었다.

　그러나 그때부터야말로 본격적인 악몽의 시작이었다.

　신화 측의 요구로 채용한 세 사람은 곧바로 회사의 주요 사안에 대해 사사건건 개입하며 자신들의 뜻을 관찰시켰고, 이

옥고는 회사의 업무 전반을 장악했다.

'기껏 중간 간부급에 불과한 세 사람으로 그런 것이 어떻게 가능하냐고?'

가능했다. 그들의 수단은 폭력이었다. 그것도 아주 교묘하게 계산된!

그들은 자신들과 배치되는 직원들에 대해 폭언과 위협을 가했지만, 직접적인 폭력을 행사하지는 않았다. 다만, 위협에도 불구하고 끝까지 항의하고 따지는 직원들에 대해서는, 그들의 지인이라는 외부인을 회사로 불러들였다.

그 외부인들은 조폭이었다. 곧장 웃통부터 벗어젖힌 그들의 등판이며 가슴팍이며 어깨와 팔뚝은 온통 시퍼런 문신으로 가득했고, 다짜고짜 주먹을 휘둘렀다.

처음에는 당연히 경찰을 불렀고, 그 조폭은 체포되었다. 그러나 진짜 공포는 그 뒤였다. 시비에 관련되었거나 경찰에 신고한 직원은 퇴근길에 느닷없이 무자비한 린치를 당했다. 그 또한 조폭들이었다.

린치를 당하고도 직원들은 감히 다시는 경찰에 신고할 엄두를 내지 못했다. 허튼짓하면 또 다른 조폭이 찾아가 죽여 버릴 거라는, 그리고 가족들까지 가만 두지 않겠다는 소름 끼치는 협박을 당하고 공포에 질려 버렸기 때문이다. 심지어 조폭들은 공포에 질린 직원들이 회사를 그만두지도 못하게 했다.

그런 일이 몇 번 있고 난 후로는 회사의 누구도 그들의 말에 거역하지 못했다. 도대체 대명천지의 법치 국가에서 그런 어처구니없는 일이 어떻게 벌어질 수 있나 하겠지만, 실제로 벌어졌고, 현재 여전히 진행되고 있는 상황이다.

회사가 그야말로 공포의 도가니로 변해갈 즈음, 내내 연락을 끊고 있던 신화에서 연락을 취해왔다. 그리고 그가 보유한 영진테크의 주식을 양도하라는 요구를 해왔다. 그것도 터무니없는 헐값에!

그는 그제야 놈들의 속셈을 확연히 알게 되었다. 회사를 거저먹겠다는 것이 아닌가?

그러나 영진테크를 키웠다지만 실질적으로 한 것이라곤 연구 개발이 거의 전부였던 그로서는 당장에 무엇을 어떻게 해야 할지, 어디다 하소연을 해야 할지조차 막막하기만 했다. 사돈에 팔촌까지 뒤져봐도 이렇다 할 '빽' 하나 없는 처지였다.

주변에서 기업을 운영하는 사람들이 그렇게 악착같이 기를 쓰면서 정관계에다 줄을 대고 인맥을 쌓고 하는 이유를 뒤늦게야 절감할 것 같았다.

임경수가 전전긍긍하고 있던 차에 직원 중 하나가 은밀하게 건의를 했다. 조폭 문제는 조폭으로 풀어야 한다며, 자신이 그쪽 바닥과 통하는 선배가 있는데 한번 만나 보는 게 어떻겠느냐고 했다.

그는 지푸라기라도 잡는 심정으로 은밀하게 그 '직원의 선배'를 만났다. 그러나 '직원의 선배'는 이미 대강의 사정을 알아보았다며, 대뜸 자신은 도울 수 없겠다고 발부터 뺐다.

도대체 무슨 일인지 시원스레 사정이나 좀 알려 달라고 부탁하자 '직원의 선배'가 어렵사리 입을 뗐다. 회사를 장악한 자들은 신갈파라는 조폭 조직인데, 그들의 뒤에는 아마도 태성그룹이 있을 것이라는 얘기였다.

뜻밖의 소리라 납득이 되지는 않았지만, 순간 임경수의 뇌리를 퍼뜩 스쳐 지나가는 게 있었다. 바로 태성그룹으로부터 투자 제의를 받았던 사실이었다.

'설마… 이 모든 것이 처음부터 태성그룹의 음모와 농간이었다는 건가?'

하나하나 되짚어볼수록 그럴 공산이 컸다. 처음에 느닷없는 투자 제의를 해온 것이며, 제의를 거절하자마자 주식시장에 찌라시가 돈 것이며, 부도 위험에 직면하게 되었을 때 연락을 하자 자신들은 슬쩍 뒤로 빠지면서 대신 신화를 소개해 준 것이며……

더욱 막막하고 두려워진 그는 지푸라기라도 잡는 심정으로 '직원의 선배'에게 매달렸다. 나중에 반드시 사례할 테니 제발 방법을 좀 가르쳐 달라고!

한참이나 곤란하다고 빼던 '직원의 선배'는 그의 거듭되는 사정에 이윽고 명함 한 장을 슬쩍 건넸다. 이 바닥에서 태성그룹과 그래도 상대를 할 수 있는 곳은 유일하게 세진그룹뿐일 거라며!

다만 이미 태성 쪽에서 작업이 들어간 것으로 보여 아마 세진 쪽에서도 개입하지 않으려 하겠지만, 그러나 어쨌든 그 두 곳이 서로 박 터지게 경쟁하는 관계이니, 만나서 사정 얘기나 한번 해보라고 했다.

명함은 세진그룹 특수사업부 백영우 차장이라는 인물의 것이었다.

임경수가 소개해 준 '직원 선배'의 이름을 팔며 식사 한번 대접하고 싶다고 했지만, 백영우는 식사 대접을 받을 이유가 없다며 간단히 거절했다.

그가 두 번을 더 간곡하게 청하고 나서야 백영우는 귀찮다는 듯이 그를 만나주었다.

그러나 백영우는 사정을 듣고는 곧장 난색을 표했는데, 그가 숫제 빌 듯이 사정을 하자 마지못한 듯 도움이 될 수 있는 방법을 한번 찾아보겠다고 했다. 다만 어디까지나 세진그룹과는 무관한 자기의 개인적인 입장이라는 것을 강조했고, 더하여 비용이 좀 들어갈 수 있겠다고 했다.

임경수로서는 감지덕지일 뿐, 달리 선택의 여지가 있을 리는 없었다. 그리하여 그는 어려운 자금 사정에도 끌어모을 수 있는 대로 돈을 끌어모아 백영우에게 넘겨줬다.

그러나 신화의 압박과 신갈파의 횡포가 이윽고 견디기 어려울 정도로 심해지는 데도 백영우로부터는 이렇다 할 조치가 나오지 않았다.

다급해진 임경수가 제발 어떻게 좀 빨리 해결을 해달라며 매달렸지만, 백영우는 곧 무슨 방도가 생길 것이니 조금만 더 기다려 보라며 몇 차례 더 돈을 요구했다. 결국 임경수는 사채까지 빌려서 백영우에게 돈을 건넸다.

그런데 언제부터인지 백영우와 연락이 되지를 않았다. 휴대폰은 아예 받지를 않았고, 사무실로 전화를 하면 다른 직원이 받아서는 외출 중이다, 회의 중이다, 출장 중이라는 식으로 피했다.

결국 그는 세진그룹으로 백영우를 찾아갔다. 그리고 어렵사리 백영우를 만날 수 있었고, 당장 문제를 해결해 주든지, 아니면 돈을 돌려 달라고 요구했다.

백영우는 조금 당황한 기색이었지만 달래는 투로, 내일까지는 어떻게든 해결책을 제시할 테니 돌아가서 하루만 기다리라고 했다.

임경수는 그날 밤늦게 백영우로부터 만나자는 연락을 받았다.

그가 약속 장소로 가자, 백영우는 그를 차에 태우고 공사 중인 어느 신축 건물로 데리고 갔다.

덩치들 둘이 먼저 와서 기다리고 있었고, 곧장 무차별적인 폭행이 시작되었다.

그대로 맞다가는 죽을 것 같아서 그는 살려 달라고, 제발 살려 달라고 빌었다.

"당신, 나 알아?"

백영우가 차갑게 웃으며 물었다.

"모… 모릅니다!"

"그런데 뭘 해결을 해달라고 하고, 또 무슨 돈을 돌려 달라는 거야?"

"자… 잘못했습니다."

"또 애먼 소리로 사람 귀찮게 할 거야?"

"아닙니다. 다시는… 그런 일 없도록 하겠습니다."

"그래! 다시는 그런 일 없도록 해! 한 번만 더 귀찮게 하면 그때는, 쥐도 새도 모르게 묻어버릴 테니까!"

차가운 콘크리트 바닥에 널브러져 그는 자신의 어리석음에 진저리치며 숨죽여 통곡했다. 그렇게 당하고도 또다시 같은 꼴을 당하다니! 똑같은 놈들이었다. 늑대를 쫓아내려고 이리에게 손을 내민 꼴이었다.

특별 채용

20층 건물 옥상에서 까마득한 아래를 물끄러미 내려다보던 임경수는 품속에 넣어둔 봉투를 꺼냈다.

유서였다.

이어 그는 구두를 벗고, 그 안에다 봉투를 넣었다.

어머니께는 오늘 아침 일찍 전화를 드렸다.

마지막 문안 인사였다.

어머니는 여느 때와 마찬가지로, 이제 그만 결혼을 하라고 성화셨다.

참으려고 했지만, 그의 두 눈에서는 이윽고 하염없는 눈물이 줄줄 흘러내렸다.

이만 끝내자!

더는 살 의욕도, 염치도 없다.

그는 이윽고 난간에 한 발을 올렸다.

"임경수 씨!"

차분한 목소리가 그를 불렀다.

고개만 돌려서 보니 청년 하나가 그를 보고 서 있다. 훌쩍 큰 키에 호리호리한 체형, 모델 같은 몸매에 미남이다.

그는 슬프게 웃었다. 마지막 모습을 누구에게도 보이고 싶진 않지만… 그러나 그런 게 그를 멈추게 하는 까닭은 되지 못하리라.

그런데 다시 그때였다.

"백영우 차장께서 죄송했다고 말씀드리랍니다!"

청년의 그 말은 그를 멈추게 할 충분한 까닭이 되었다.

'죄송했다고?'

잠시 멈추더라도 그게 무슨 뜻인지는 알고 싶다는 욕구가 강렬하게 솟구친다.

청년은 차분하게 임경수에게 설명을 했다.

백영우가 이런저런 경로를 통해 그를 도울 방도를 마련해가던 중 태성 쪽에서 어떻게 눈치를 채고 백영우에게 경고를 보내왔다고 했다.

세진과 태성의 관계가 관계이니만큼, 백영우로서는 무조건 잡아떼는 수밖에 없는 노릇이었다. 제삼자를 통해 임경수에게 전화 한 통을 받은 적은 있지만 단호하게 거절한 게 전부이며, 그 외에는 아무런 관계도 아니라고 했다.

그래도 태성 쪽에서는 미심쩍어 하며 백여우에게 미행을 붙였다. 그래서 한바탕 연극을 할 수 밖에 없었다.

폭행에 대해서는 정말 죄송하지만, 덕분으로 태성 쪽에서는 의심을 거둔 것 같다.

어쨌든 이제 본격적으로 조치를 취해 나갈 것이다. 물론 표면적으로 백영우 자신은 계속 무관한 입장으로 계속 빠져 있어야 한다.

회사를 공포에 몰아넣고 있던, 신화 쪽 세 사람이 모두 출근을 하지 않았다.

급히 알아보니 병원에 입원 중이라고 했다. 그것도 전치 12주 이상의 중상이었다. 간밤에 폭행을 당했다고 했다. 누군지도 모르는 자들에게 아주 인정사정없이 당했다고 했다.

임경수는 퍼뜩 짐작되는 데가 있었다. 드디어 시작이 된 것이다. 백영우가 보낸 청년이 말한 본격적인 조치가 말이다.

그날 오후, 그는 자신의 비서실장을 특별 채용 했다. 없던 직제를 새로 만든 것이다.

바로 그 청년이었다. 전날 밤 건물 옥상에서 만났던!

그의 이름은 한상운이라고 했다.

한상운이 비서실장으로서 첫 번째로 한 일은, 그에게 투자운용사 한 곳을 연결시켜 준 것이었다.

[PAR투자운용사]

PAR투자운용사에서는 영진테크에 투자를 하겠다고 했다. 오로지 영진테크의 성장 가능성을 담보로 하겠다고 했고, 향후 이익이 창출될 시 적절한 배분을 받는다는 조건이 다였다. 다만 한 가지 특수 조건이 더 있다면, 계약에 대해 철저한 비밀을 유지한다는 것이다.

이미 신화에 진저리쳐지도록 당해본 임경수였지만, 그 제안을 받아들이지 않을 이유는 없었다. 한상운이 연결 고리가 되어주는 한에는!

PAR투자운용사의 투자 금액은 기대 이상이었고, 또한 전폭적이었다. 상상도 하지 못했던 거액이 단번에 회사 계좌로 들어왔다.

그리하여 근근이 최종 부도만을 모면해 오고 있던 영진테크의 숨통은 단번에 트였다. 그동안 멈췄던 생산 라인이 재가동되며, 회사는 빠르게 정상을 회복해 갔다.

한상운 실장은 경호 팀을 신설했다. 외부의 대형 경호 회사와 용역 계약을 맺고 회사의 경비 시스템을 강화한 것이다. 특히 대표이사인 임경수에게는 이인 일조의 경호원들이 상시로 따라 붙어 근접 경호를 하게 했다.

그러한 조치는 임경수를 크게 안심시켜 회사 경영에 전념할 수 있도록 해주었다.

임경수로서는 백영우에게 전화라도 해서 크게 감사를 드리고 싶은 심정이었다. 물론 절대로 해서는 안 될 일이라는 건 잘 알고 있지만!

한편으로 상상도 하지 못했을 만큼의 막대한 지원과 호의에 오히려 불안한 심정도 드는 것이었다. 세상에 공짜는 없는 법이라지 않는가?

그리고 그가 사람을 잘 볼 줄 모른다는 것이야 변명의 여지가 없는 것이지만, 그렇더라도 그가 백영우 차장에 대해 가지고 있는 인상은 여전히, 결코 무조건적인 호의를 베풀 인상은 아니라는 쪽이었다. 그런 이유 때문에라도 지금의 이런 과분한 호의에는 분명 무슨 까닭이 있을 거라는 짐작을 해보지 않을 수 없었다.

그러나 자살 직전까지 갔던 그로서는 그런 것까지 따질 처지는 결코 아니라고 할 것이었다. 설령 무슨 까닭이나 음모가 있어서 조만간 그 전모가 드러난다고 할지라도, 그가 이미 겪었던 최악의 구렁텅이보다 더 나빠질 건 없는 것이다.

다시 죽기밖에 더 하겠는가? 그렇다면 갈 데까지 가보는 거다!

작전

"태성 쪽에서 상당히 당황스러워하는 분위기더니, 이제 슬슬 경호 업체 쪽으로 약을 치는 중이오. 그리고 조만간 액션을 취할 것 같은데… 자! 그럼 우리는 이쯤에서 빠지도록 합시다!"

박윤호 팀장이 싱긋 웃는 얼굴로 말했다.

철민이 담담하게 묻는다.

"그럼 영진테크는 어떻게 되는 겁니까?"

박윤호 팀장이 설핏 마뜩하지 않다는 기색으로 말을 받는다.

"우리가 언제까지 영진테크를 책임져 줄 수 없는 노릇이고… 어차피 마지막까지 몰렸던 처지에서, 우리가 도운 덕에 기사회생했던 것 아니오? 물론 그들 스스로의 힘으로 살길을 찾기를 바라지만, 설령 그러지 못하게 된다고 하더라도 그거야 어디까지나 그들 스스로가 책임져야 할 일일 뿐이오."

철민의 안색이 조금 굳었다.

박윤호 팀장이 흘깃 철민을 보고는, 역시나 조금쯤 딱딱해진 투로 덧붙인다.

"우리는 철저히 계획한 대로 움직일 것이니, 혹시라도 쓸데없는 인정은 금물이오!"

분위기가 딱딱해진다 싶었던지, 한상운이 슬쩍 나선다.

"우리가 빠지고 나면, 태성 쪽에서는 다시 신갈파를 동원할 걸로 보입니다. 그러나 임 사장이 예전처럼 속수무책으로 당하지는 않을 겁니다. 신화의 이름을 빌려 행해진 것을 포함해 그동안 신갈파에서 저지른 폭력과 불법 행위에 대한 증거 자료들을 다각도로 확보해 두었고, 임 사장에게 넘겨줄 겁니다. 그러니 법적으로 조치를 취할 수도 있을 것이고, 또 그러는 동안 세진 쪽에서 개입한 흔적이 드러나면 화살이 그쪽으로 돌려질 테니, 임 사장에게 큰 탈이 생기지는 않을 겁니다."

"임 사장에 대해서는 그렇다고 치더라도, 영진테크에 투자한 자금은 어떻게 되는 겁니까?"

철민이 물었다.

박윤호 팀장이 언뜻 눈을 가늘게 뜬다. 생각지 않았던 말을 들었다는 표정이다.

"지금 투자된 자금의 회수에 대해 말하는 것이오?"

철민이 담담하게 받는다.

"물론입니다. 다른 분들은 그 문제에 대해 별로 관심이 없을지 모르겠지만, 저는 입장이 다릅니다. 그 돈, 제게도 적지 않은 금액입니다. 수익까지는 바라지 않지만, 최소한 투자 원금은 회수해야겠습니다."

"허허!"

박윤호 팀장은 나지막하게 실소했다. 어이가 없었다.

지금까지 철민이 자신의 생각이나 입장을 피력했던 적은 가끔 있었다. 그러나 그때마다 그는 그리 어렵지 않게 철민을 다루어 왔었다.

그런데 지금처럼 철민이 자신의 생각을 분명하다 못해 단호하게 주장하는 것은 사뭇 낯설기까지 했다. 그러나 그는 애써 스스로를 추스르며 차분하게 말을 꺼낸다.

"투입된 자금은 굳이 영진테크를 통해서 회수하지 않더라도 또 다른 기회들이 얼마든지 생길 것이오. 그러니 천천히 방법을 강구해 보도록 합시다."

그러나 철민은 가볍게 고개를 가로젓는다.

"제 생각은 다릅니다."

박윤호 팀장은 목소리가 날카로워졌다.

"이보시오, 김 대표! 생각이 다르다니? 그럼 어떻게 하겠다는 것이오?"

그렇더라도 철민은 여전히 담담하게 받는다.

"태성 쪽의 움직임이 감지되는 시점에서 우리가 갑자기 빠져 버리면, 물론 한 대리가 말한 것처럼 임 사장이 적절히 대처할 수도 있겠지만, 임 사장 혼자서 감당하지 못하고 단시간 내에 무너져 버릴 가능성도 무시할 수 없을 만큼 크다고 생각합니다."

"그래서요?"

"적어도 임 사장이 쉽게 무너지지는 않을 정도의 조치는 미리 해두어야 하지 않을까요?"

"돌려서 말하지 말고, 구체적으로 얘기를 해보세요!"

"신갈파를 무력화시킬 필요가 있다는 생각입니다."

"뭐요? 아니, 김 대표! 지금 그걸 말이라고 하는 거요?"

박윤호 팀장의 목소리가 와락 커졌다. 그리고 잠시 철민을 노려보고 있더니, 화를 추스른 듯 그가 다시 무겁게 말을 잇는다.

"신갈파를 무력화시키자고? 나 참! 도대체 신갈파가 어떤 곳인지 알고나 그런 소리를 하는 거요? 정식 조직원만 60여 명에, 맘먹고 방계까지 동원하면 백 단위는 가볍게 넘어요. 이전의 종수파하고는 급이 다르다는 거요. 하긴 뭐… 김 대표야 돈이 넘치니, 용역들 한 이삼백 명쯤 사가지고 확 밀어버리면 되겠네? 그렇지만 이것 보시오! 김 대표! 기껏 그따위 조폭 조직 하나 때려잡으려고 그렇게 생난리를 칠 것 같았으면 차라리 처음부터 검찰과 공조를 하면 간단했을 것을, 우리가 지금까지 뭐 하려고 이런 헛짓을 해왔겠어?"

박윤호 팀장이 말을 멈춘다. 문득 화가 치민 모양이다. 그러나 화를 추스르기가 쉽지 않은지, 그가 예봉을 돌리듯이 한 상운과 강혁수를 향한다.

"됐고! 한 대리와 강 대리는 즉시 영진에서 빠질 준비를 해! 조그만 흔적이라도 남지 않도록 철저히 하도록 하고!"

단호한 지시였다.

"예!"

"알겠습니다."

한상운과 강혁수가 군기라도 든 것처럼 사뭇 절도 있게 복
명했다.

제12장
나쁘지 않은 소식

신갈파

철민은 외출에 나선 길이었다.

느긋하게 주변 풍경들을 감상하며 그는 가만히 되새긴다.

'좋다, 하나씩 깨부수며 나가는 거다!

그가 분노하는 대상은 이제 오종수의 배후인 영감탱이와 중호, 방주, 그리고 다시 그들 뒤에 있을지 모를 더 큰 배후라는 식으로만 한정되지는 않는다.

이제는 빅 투까지다. 처음에는 영감탱이를 찾는 목적으로 시작한 것이지만, 빅 투 또한 동류이며 같은 뿌리를 가지는 족속들이었고, 그러므로 그의 분노의 대상이 된 것이었다.

신갈파에 대한 추가적인 정보들을 확보한 데는, 미후의 활약이 있었다. 박윤호 팀장과 대립도 있고 했으니, 그쪽에다 도움을 청하기는 어려웠던 까닭이다.

그는 천천히 걸으면서 주변에 집중한다. 혹시나 미행이 있을까 해서다.

따라붙는 기척이 있다.

미후다.

보이지 않더라도, 그는 미후에게서 새삼 강한 신뢰를 느낀다. 누구보다도 많은 비밀을 공유하는 사이로서!

서건호!

신갈파의 보스다.

철민이 두어 시간쯤이나 따라붙으며 관찰한 결과, 놈은 항상 서넛 이상씩 부하들을 달고 다닌다.

부하들의 면면은 장소마다 혹은 상황마다 바뀌었는데, 예외로 항상 놈의 가장 가까운 주변을 지키는 자가 하나 있다.

운전기사 같기도 하고 수행비서 같기도 한데, 훤칠하니 큰 키에 단단해 보이는 체형, 그리고 움직임이 민첩해 보이고, 이따금씩 주변을 살피는 눈매가 매서운 것으로 봐서는 보디가

드의 역할일 가능성이 커 보였다.

오후 4시쯤.

서건호의 주변이 단출해졌다. 예의 그 보디가드 하나뿐이다.

그러나 벌건 대낮에 하나면 몰라도, 둘을 동시에 남들 시선에 띄지 않게 처리하기란 만만치가 않다.

철민이 계속 미행만 하는 와중에 서건호 등이 어느 건물의 지하로 들어간다. 간판을 보니 유흥 주점이다.

철민이 따라 들어갈까 잠시 망설였지만, 출입구가 달리 또 있을 것 같지는 않았기에 밖에서 기다리기로 한다.

한 시간쯤 후.

놈들이 다시 나온다.

그런데 얼큰하게 취해 보이는 서건호의 곁에는 아가씨 하나가 팔짱을 끼고 달라붙어 있다.

보디가드가 차를 가지고 와 서건호와 아가씨를 태운다.

철민은 얼른 근처의 택시 잡아탄다. 잠깐 미후를 기다렸지만, 그녀는 오지 않았다. 하긴, 그녀는 어떻게든 알아서 할 것이다.

놈들의 차가 어느 건물의 가림막이 쳐진 주차장으로 들어간다. 모텔이다.

철민이 택시에서 내려 주차장의 가림막 사이로 안쪽을 보니, 서건호와 아가씨가 모텔의 뒷문으로 보이는 출입구로 들어가고 있었다. 그리고 보디가드는 차 안에 그대로 남아 있는 모양이었다.

주차장의 담을 따라 돌자 모텔의 출입구가 나온다. 철민이 안으로 들어서자 정면에 있는 작은 골방의 창문이 열리며 늙수그레한 몰골의 아줌마가 얼굴을 내민다.

"어서 오세요!"

철민이 가까이 다가서면서 웃는 얼굴로 슬쩍 묻는다.

"방금 들어간 손님들 말입니다. 남자하고 아가씨! 몇 호로 갔습니까?"

아줌마의 눈꼬리가 샐쭉해진다.

"그런 건 왜 물어요? 경찰이에요?"

"아니, 뭐 경찰은 아니고, 그냥 뭘 좀 알아볼 게 있어서……!"

"알아보긴, 이런 데서 뭘 알아볼 게 있다고 그래요? 괜히 영업 방해하지 말고 얼른 나가주세요!"

아줌마는 매몰차게 쏘아붙이며 열어놓았던 창문을 쾅! 닫아버릴 기세다.

철민이 얼른 손에 쥐고 있던 걸 내민다.

"아주머니, 이거……!"

10만 원짜리 수표 두 장이다. 아줌마의 태도가 대번에 바뀐다.

"문제 생기면 안 돼요?"

아줌마가 목소리를 낮추어 주의를 준다.

철민은 짐짓 여유를 보인다.

"장사 하루 이틀 하는 것도 아닌데… 염려 꽉 붙들어 매십시오!"

아줌마의 적극적인 협조 아래, 철민은 서건호가 든 방의 바로 옆방으로 들어갔다.

그런데 철민이 방으로 들어가 막 옆방의 동향에 귀를 기울이려고 할 때 희미한 노크 소리가 들린다. 굳이 보지 않아도 누군지 알 만하다.

미후는 1층의 아줌마를 거치지도 않고 온 듯했다. 하긴, 그녀의 재간으로는 어려운 일도 아닐 것이다.

옆방의 소리가 자못 요란하다.

철민은 얼굴이 뜨거워서 감히 미후 쪽으로는 눈길조차 주지 못한다.

그러나 미후는 태연해 보인다.

어째 그녀는 오히려 흥미로운 눈길로 철민의 반응을 관조

하는 느낌 같기도 하다.

구름과 비가 휘몰아치기를 얼마나 했을까?

옆방은 마침내 조용해졌다. 그리고 다시 잠깐의 물소리가 들렸고, 이윽고 아가씨가 방을 나가는 기척이 들린다.

철민은 잠시 더 기다렸다가 기척을 죽이고 방을 나가 옆방의 문손잡이를 가만히 돌려본다. 문이 잠겼다면 미후의 재간을 빌릴 요량이었지만, 마침 문은 열려 있었다. 아가씨가 나간뒤 다시 잠그지 않은 것이리라.

철민은 조용히 문을 열고 안으로 들어간다.

나체의 튼실한 몸집이 침대 위에 엎어진 자세로 코를 골며 곯아떨어져 있다.

철민은 조용히 다가가서 놈의 머리를 툭 친다.

놈이 한번 꿈틀거린다. 그러나 놈은 다시 코를 곤다. 거사 후에 몹시도 곤했던 모양이다.

철민은 이번에는 손바닥으로 놈의 뒤통수를 후려갈긴다.

퍽~!

그제야 놈이 번쩍 두 눈을 뜨더니 잠시 황망하게 사태를 파악하고는 벌떡 상체를 일으켜 세운다. 놈의 투실투실한 살집이 적나라하게 드러나는 가운데 놈이 제법 침착하게 묻는다.

"뭐냐, 너?"

그러더니 놈은 대답을 기다릴 것도 없이 그대로 철민을 덮쳐온다.

그러나 철민은 처음부터 놈을 차분하게 지켜보고 있었다.

팍!

철민의 한 방이 놈의 관자놀이에 정타로 박혀들었고, 놈은 그대로 침대 위로 엎어진다.

미후가 곁으로 다가와서 담담히 철민을 본다.

철민은 그것을, 미후가 자신에게 맡겨 달라고 하는 것으로 이해하고 가볍게 고개를 끄덕였다.

미후는 주먹을 용두권(龍頭拳) 형태로 만든다. 그리고 엎어진 놈의 목덜미를 찌르듯이 친다.

그곳이 마혈(麻穴)이며, 그로 인해 놈의 전신을 마비시켰다는 걸 물어보지 않고도 철민은 알 수 있었다.

이어 미후가 손날로 놈의 목덜미 어림을 다시금 가볍게 친다.

"끄… 웅!"

놈이 된소리를 흘리며 깨어난다.

미후가 다시 놈의 어깨 관절을 치자, 놈은 그대로 자지러진다. 관절을 탈골시킨 것이다.

놈은 표정과 입모양으로는 고래고래 비명을 지르며 고통을 호소하는 것 같았는데, 막상은 웅얼거릴 수밖에 없었다.

이내 철민은 그게 아혈(啞穴)을 제압당한 까닭이란 걸 이해했다. 그런 것 또한, 굳이 물어보지 않고서도 한순간 저절로 이해가 되었다.

양어깨와 팔꿈치, 손목 순으로 탈골이 진행되었다. 놈은 비명도 제대로 지르지 못한 채 극도의 고통과 그것을 오히려 초월하는 극한의 공포로 인해 완전히 허물어져 갔다.

다짜고짜 고문부터 가하는 미후의 수법은 지극히 잔인한 행위라고 하겠으나, 철민은 내내 담담히 지켜보고만 있다. 그 스스로도 겪어본 바가 있기에 그 정도의 잔인함은 견딜 만했다.

"그만!"

철민의 나직한 말에 미후가 즉시 멈추었다.

"서건호! 신갈파 두목 서건호 맞나?"

철민의 물음에 놈은 재빨리 고개를 주억거린다.

미후가 놈의 목덜미를 가볍게 툭 친다. 아혈을 풀어준 것이다.

"맞… 소. 그런데… 도대체 왜 날……?"

"묻지 마라! 넌 대답만 한다!"

"음… 알겠소."

"영진테크 알지?"

철민의 그 말에 놈은 그제야 약간의 반응을 보인다. 그러나 놈은 쫓기듯이 재빨리 고개를 끄덕인다.

"누구의 지시를 받았나?"

놈이 멈칫거린다.

"지시라니… 그게 무슨……?"

차갑게 지켜보고 있던 미후가 소리 없이 놈의 오른손을 낚아챈다.

우두둑!

놈의 손가락 두 개가 간단히 부러져 나간다.

"우우~!"

놈이 짐승처럼 울부짖으며 마구 고개를 가로젓는다.

"잔머리 굴리지 말고 즉시 대답한다! 알겠나?"

철민이 담담하게 말했다.

놈의 고개가 다급하게 끄덕여진다.

"역시 태성그룹이겠지?"

철민의 물음에 놈은 흠칫 놀라며 고개를 끄덕인다.

"태성그룹의 누구지?"

"그건… 정말 모릅니다. 그냥 전화로 의뢰가 오고, 돈이 입금된 것을 확인하면……"

그러나 철민은 놈의 눈빛이 미미하게 흔들리는 걸 간파한다.

"경고했을 텐데?"

철민의 눈짓에, 미후가 다시 놈의 성한 손가락을 잡아간다.

순간 놈이 다급하게 부르짖는다.

"잠깐… 잠깐만요!"

그러나…

우둑!

미후는 여지없이 놈의 손가락 하나를 더 꺾어버린다.

"아악!"

놈이 처절한 비명을 토해냈다.

미후가 다시 놈의 손가락 하나를 더 꺾으려는 것을, 철민이 가만히 손을 들어 제지한다.

그 틈에 놈이 다급하게 부르짖는다.

"프로젝트 사업부장! 태성그룹 프로젝트 사업부장입니다. 이름은 알지 못합니다! 정말, 정말입니다!"

철민이 천천히 고개를 끄덕여 만족감을 표시한다. 그리고 느긋하게 말한다.

"서건호!"

"예, 예!"

"내 볼일은 다 끝났는데, 이제 당신을 어떻게 해야 할지 조금 고민되네? 살려두자니 괜히 내 얘기를 태성 쪽에다 해서, 일을 귀찮게 만들 것 같고……. 그렇다고 그냥 죽여 버리자니 뒤처리가 또 성가실 것 같고……."

순간 서건호는 그대로 머리를 처박는다.

"살려주십시오! 살려만 주시면 절대, 절대로 귀찮은 일은 만들지 않겠습니다. 맹세합니다!"

절절한 애원이었다. 그런 그에게서는 서울에서 몇 손가락 안에 들어간다는 조폭 조직의 보스다운 모습은 찾아볼 수가 없었다. 공포 앞에서는 결국 무너지고 마는, 별다를 것 없는 평범한 인간에 불과했다.

"좋아! 그 맹세 한번 믿어보도록 하지!"

"감사합니다. 정말 감사합니다."

"그러나 만약 맹세를 어기면? 나랑 다시 만나야겠지?"

"절대 그런 일 없도록 하습니다."

"좋아!"

철민은 간단히 돌아선다. 그리고 천천히 현관 쪽으로 걸어 나간다.

서건호는 감히 고개를 들지 못한다. 미후가 여전히 그의 앞에 버티고 서 있었다. 눈으로 보지 않아도 느껴지는 살벌한 느낌이라니! 소름 끼치는 살기였다.

막 문을 열려던 철민이 주춤 멈춘다. 바깥에서 누군가 다가오는 기척을 느낀 까닭이다.

잠시 후, 누군가 조심스럽게 노크를 한다. 철민이 가만히 있자, 몇 번 더 노크가 들린 후 바깥에서 나직이 묻는다.

"형님! 별일 없으십니까?"

그 목소리에는 벌써 '별일이 있구나!' 하는 경계심이 묻어 있다. 그리고 문손잡이가 조심스럽게 돌아간다.

순간 철민은 아차 싶었다. 그러고 보니 문은 잠기지 않은 채였던 것이다.

그가 당황하는 기색을 봤던지, 미후가 어느 틈에 바로 그의 등 뒤로 다가섰다. 그러나 철민은 미후에게, 자신이 처리하겠다는 눈짓을 보낸다. 그리고 그가 반걸음 뒤로 물러설 때였다.

벌컥!

거칠게 문이 열리면서 건장한 사내 하나가 안으로 쇄도해 들어오더니 곧장 철민을 향해 주먹을 날린다.

픽!

가벼운 충격음이 있었다. 그리고 고꾸라지듯 앞으로 쓰러지는 자는, 바깥에서 쇄도해 들어온 사내다.

철민은 쓰러지는 사내의 몸을 받아 안는다. 그리고 방 안으로 끌고 들어가 침대 밑에다 꿇어앉힌다. 사내는 주차장에서 기다리던 예의 그 보디가드다. 아마도 서건호가 나와야 할 시간을 넘겨서도 아무 연락이 없자, 직접 올라와 본 모양이었다.

"끙!"

사내가 신음을 뱉으며 정신을 차린다.

그러고는 철민이 곧장 몸을 일으키려는 사내의 어깨를 손바닥으로 지그시 누른다. 사내가 강하게 저항했지만, 철민의 힘을 이기지는 못한다.

"조용히 있어! 죽기 싫으면!"

철민이 나직이 위협했다.

사내는 순순히 저항을 멈춘다. 그러나 다음 순간 사내는, 똑바로 철민의 눈을 노려보며 천천히 뱉는다.

"죽여봐! 개새끼야!"

나직한 소리였으나, 악다물린 잇소리였다.

철민은 당혹스러워졌다.

뒤에서 지켜보고 있던 미후가 선뜻 앞으로 나선다.

철민이 재빨리 눈짓으로 제지했다. 그러나 물러나라는 건 아니었고, 다만 서건호에게 했던 것처럼 가차 없이 꺾고 부러뜨리는 무자비한 고문은 가하지 말라는 의미였다.

그런 의미를 대충 알아들었다는 듯 미후가 가볍게 고개를 끄덕인다.

툭!

미후가 발끝으로 사내의 옆구리를 찼다. 가볍게!

그러나 사내는 숨이 넘어갈 듯 다급한 소리를 토해낸다.

"헉!"

이어 사내의 얼굴은 종이 구겨지듯이 와락 일그러지며 하얗게 탈색되어 간다. 그것만으로도 사내가 얼마나 고통스러워하는지 알고도 남았다.

툭!

툭!

미후는 무심한 얼굴로 계속해서 사내의 몸 여기저기를 차나갔다. 그때마다…

"악!"

"큭!"

사내는 온몸으로 진저리를 치며 딱딱 끊어지는 비명을 토해놓았다. 잔뜩 일그러진 채 창백하게 탈색된 사내의 얼굴에는 어느새 흥건하니 땀이 배었다.

그러나 사내는 악착같이, 조금이라도 비명을 삼키려 하고 있었다. 그런 와중에 그는 오로지 철민에게만 시선을 고정시켜 놓고 있었다. 소름 끼치는 증오로 이글거리는 눈빛이었다.

"그만!"

철민이 나직이 외쳤다.

그에 미후는 즉시 멈추고 뒤로 물러난다.

"크으!"

사내가 고통스러운 신음으로 한숨을 돌린다. 그러나 그는 곧바로 악다문 잇소리를 뱉어낸다.

"죽여, 새끼야! 지금 나 안 죽이면 다음에는 니가 내 손에

죽는다, 개새끼야!"

독종이다. 독종 중에서도 지독한 독종이다.

미후가 다시 앞으로 나선다. 차갑게 굳은 그녀의 표정에 시린 살기가 드리워져 있다.

철민은 가만히 고개를 젓는다. 그리고 그는 침대 위에 널브러져 겨우 벽에 몸을 기대고 있는 서건호를 부른다.

"서건호!"

무슨 일이 벌어지고 있는지 알지 못한다는 듯 게슴츠레 열려 있던 서건호의 두 눈이 번쩍 떠진다. 그리고 소스라치며 대답한다.

"예, 예!"

놈의 뇌리에 새겨진 지독한 고통과 공포의 각인이 순간 생생하게 되살아난 모양이었다.

"아무래도 고민을 다시 해봐야 될 것 같은데? 좀 성가셔도 뒤처리를 하는 쪽으로 말이지!"

서건호의 눈동자가 바쁘게 구른다. 그제야 상황을 파악하기라도 한다는 듯이! 그리고 그는 확연히 다른 톤으로 버럭 외친다.

"하정태! 시키는 대로 해!"

"형님……?"

사내, 하정태가 갈라진 목소리로 뱉는다. 그러나 서건호는 다시 윽박지른다.

"무조건 시키는 대로 하란 말이야, 새끼야!"

하정태가 마지못한 듯 고개를 숙인다. 그러나 바닥을 노려
보고 있는 그의 눈빛에서는 여전히 꺾이지 않은 독기가 번뜩
이고 있었다.

나쁘지 않은 소식이군요!

"이번 일, 김 대표와 관련이 있소?"

박윤호 팀장이 노려보며 물었다.

대강 짐작이 갔지만, 철민은 짐짓 의아하게 말을 받는다.

"이번 일이라뇨?"

"어떤 놈이 신갈파의 보스 서건호를 아주 아작을 내놨소."

'어떤 놈?'

그 소리가 영 껄끄러웠지만, 철민은 다시 덤덤하게 받는다.

"그래요? 어떤 놈이 그랬는지 모르겠지만, 나쁘지 않은 소식
이군요!"

"뭐요?"

"제가 하고 싶었던 일을 대신해 주었으니 말입니다."

박윤호 팀장이 한바탕 거친 소리라도 퍼부을 기세로 노려
본다. 그러나 애써 성질을 죽인다는 듯 잔뜩 꼬인 목소리로

뱉는다.

"제기랄!"

그리고 박윤호 팀장은 옆에 서 있던 한상운에게 화풀이라도 한다는 듯 날카롭게 추궁하는 투로 말을 던진다.

"태성 쪽의 동향은 좀 파악했어?"

한상운이 짐짓 눈길을 피하며 차분하게 대답한다.

"태성 쪽에서 분주하게 여기저기를 쑤시며 사태 파악을 하고 있는 것 같습니다."

박윤호 팀장이 다시금 힐끗 철민을 노려보고는 새삼 못마땅하다는 듯이…

"쩝!"

하고 입맛 다시는 소리를 냈다. 그러고는 다시 한상운을 보며 말한다.

"이렇게 되면, 우리가 조금 더 깊이 개입하는 수밖에 없겠어. 일단 백영우에 관한 소스를 슬쩍 던져주자고! 그리고 놈들이 어떤 반응을 보이는지, 세밀히 파악해서 보고하도록 해! 혹시라도 흔적이 남지 않도록 더욱 철저히 하도록 하고!"

"알겠습니다!"

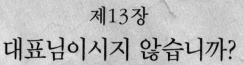

제13장
대표님이시지 않습니까?

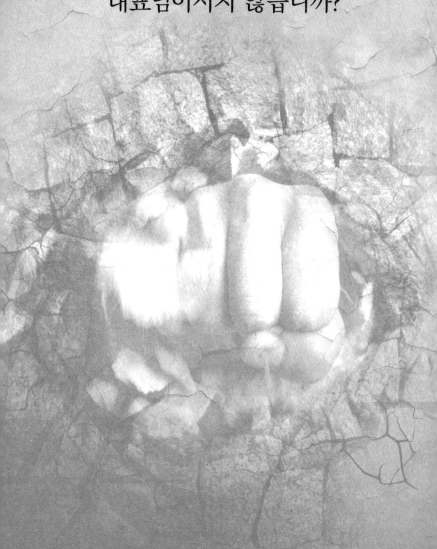

태성그룹 프로젝트 사업부

태성그룹 프로젝트 사업부는 사뭇 긴장된 분위기였다. 신 갈파의 사고 때문이다.

사실 신갈파가 태성의 직계 조직인 건 아니다. 굳이 분류하 자면 프리랜서랄까? 즉, 돈만 주면 누구라도 그들을 부릴 수 있다.

그런데 문제는 현재 시점에서 신갈파를 부리고 있는 게 바 로 태성이라는 사실이다. 그에 신갈파의 사고가 태성과 어떤 연관이 있느냐 하는 부분은, 분명히 짚고 넘어가야만 하는 것이다.

신갈파 보스 서건호는 아주 지독하게 당했다. 어떤 놈들인지 사람을 아예 망가뜨려 놓았다. 전신의 관절이란 관절은 모조리 탈골시켰고, 그것도 모자라 손가락들까지 죄다 분질러 놓았다. 폭행이 아니라, 숫제 고문을 한 것이다.

병원에 누운 서건호는 여전히 두려움에 질려 있는 듯 당시의 얘기를 도무지 꺼내려 하지 않을뿐더러, 사람과 제대로 눈조차 마주치지 못했다. 그런 걸로 봐서 그는, 몸이 나아 퇴원을 한다고 해도 다시 예전의 그로 돌아가지 못할지도 모른다.

답답하긴 하지만, 어쨌든 사건에 대해 파악하자면 좀 더 시간이 필요해 보였다.

뜻밖의 정보가 하나 들어왔다.

출처가 분명치 않다는 게 찜찜하지만, 정보는 사뭇 구체적이었다.

'세진그룹 특수사업부 소속의 백영우 차장이라는 인물이 영진테크 대표와 접촉을 했다!'

백영우라는 자와 영진테크 주변을 조심스럽게 훑어본 결과, 조작된 정보가 아니었다.

백영우와 영진테크 대표 사이에 수차례나 돈이 오간 정황이 드러났고, 또한 최근 영진테크에서 벌어진 여러 상황들의 배후에도 이런저런 형태로 백영우가 개입한 흔적들이 잡혔다.

'그렇다면 서건호를 공격한 자들도 백영우와 무관하지 않다?'

당연히 그런 심중을 가질 수밖에 없는 노릇이었다. 아니, 거의 확실해 보였다. 이 바닥에 발을 붙이고 사는 자들치고 아주 눈치가 없지 않고서는 최근 신갈파에 일거리를 주고 있는 곳이 태성이라는 걸 모르지는 않을 터였다. 그럼에도 영진테크에다 엉뚱한 수작을 부리고, 더욱이 서건호까지 손을 볼 배짱과 능력을 가진 곳은 한 군데밖에 없다.

"이 새끼들이 지금 작정하고 전쟁을 하자는 것 아냐?"

윤호균 전무는 나직이 씹어뱉었다. 비공식 조직이지만 사실상 태성그룹의 핵심 사업을 총괄하는 프로젝트 사업부의 책임자이며, 그에 비록 직급은 전무이지만 그룹에 대한 기여도나 영향력으로 따졌을 땐 회장에 이어 태성그룹의 실질적 이인자라고 자부하는 그였다.

"당장 세진 쪽에 전화 넣어! 염기준 전무, 그 새끼한테 직접 얘기를 들어봐야겠어! 아니, 아니야! 그럴 것 없이 당장 애들 모아! 나인태 회장을 직접 까버리겠어!"

윤호균 전무가 으르렁대며 넥타이를 풀어 테이블 위로 던져

버린다. 그러자 참모 격인 문수득 상무가 만류한다.

"사업부장님! 고정하십시오! 우선은 전후 사정을 정리해서 회장님께 보고드리는 게 순서이지 않겠습니까? 그리고 좀 더 실질적인 증거 자료들을 확보할 필요도 있을 것 같습니다."

"회장님께 보고는 내가 알아서 해! 그리고 여기서 무슨 증거 자료가 더 필요하다는 거야?"

"백영우라는 놈 말입니다. 세진 쪽에서 딴소리하지 못하게 만들려면, 그놈의 진술 정도는 확보해 두는 게 좋을 듯합니다."

윤호균 전무가 애써 화를 추스르며 고개를 끄덕인다.

"좋아! 그럼 일단 그 새끼부터 잡아서 족쳐!"

제가 시켰습니다!

백영우는 퇴근을 하는 길이었다.

그런데 그가 아파트 지하 주차장에 차를 세우고 막 운전석 문을 열 때였다. 갑자기 조수석의 문이 벌컥 열리며 덩치 큰 사내 하나가 다짜고짜 차에 올라탔다.

"뭐야, 당신 누구야?"

백영우가 놀라 외치면서 사내에 대해 대응 태세를 취할 때였다.

다시 운전석의 문이 활짝 열리면서, 또 다른 사내 하나가 그를 덮친다.

퍽!

백영우는 얼굴에 강한 충격을 받고 정신이 아득해졌다. 이어 그는 차의 뒷좌석으로 옮겨진다. 그의 좌우로 사내 둘이 탔고, 양쪽에서 밀착하며 그의 팔을 붙잡아 꼼짝하지 못하도록 구속하고는 입에다 테이프까지 붙인다.

그리고 차는 주차장을 빠져나와 빠르게 어디론가 달려간다.

백영우의 차는 어느 허름한 건물의 지하 주차장으로 들어가 멈춘다.

입을 막은 테이프가 떼어지는 대로 백영우가 억눌렸던 고함을 토해낸다.

"너희들, 뭐야? 어디 애들이야? 내가 누군 줄 알아? 나 세진 그룹 특수사업부의 백영우 차장이야! 너희들 지금 사람 잘못 건드리고 있는 거야, 알아?"

급한 대로 백영우가 할 수 있는 말은 다 한 셈이다. 그러나 사내들은 별 동요가 없다.

사내들 셋이 곧장 폭행을 가하기 시작한다. 무차별적이고 인정사정없는 구타다. 폭행은 백영우가 견디지 못하고 정신을 놓을 때까지 계속되었다.

기절에서 깨어난 백영우는 곧바로 죽음의 공포에 질리고 만다.

"무엇이든 다 하겠습니다! 시키는 대로 다 할 테니, 제발 살려만 주십시오! 으흐흐흑!"

다급한 애원 끝에 흐느끼고 마는 백영우의 앞에, 짧게 콧수염을 기른 중년 사내 하나가 새로이 나타났다.

"어이, 백영우 차장!"

자신의 이름을 불러주는 것만으로도 백영우는 감격했다. 그가 재빨리 말을 쏟아낸다.

"예! 저 세진그룹 특수사업부의 백영우 차장입니다. 제가 뭘 잘못했기에 이러시는지 모르겠지만, 분명 무슨 오해가 있는 겁니다."

"오해? 아… 그러시구나?"

콧수염 사내가 가볍게 호응했다. 그러나 그는 곧바로 인상을 확 일그러뜨리며 주변의 세 사내에게 소리를 지른다.

"야, 이 새끼들아? 너희들 지금까지 뭐 한 거야? 우리 백 차장께서 뭘 잘못했는지 모르겠다잖아? 오해라잖아?"

그러자 당장 사내들이 백영우를 향해 다가갔다.

그 험악한 기세에 질려 백영우가 다시금 애원한다.

"잘못했습니다. 용서해 주십시오! 제가 잘못했습니다."

콧수염 사내가 가벼운 손짓으로 사내들을 뒤로 물린다. 그리고 느긋한 투로 말을 꺼낸다.

"그래? 이제 뭘 잘못했는지 알겠어?

백영우가 다급하게 고개를 주억거린다.

콧수염 사내가 싱긋이 웃으며 잇는다.

"좋아! 이제부터는 잘할 거지?"

뭘 잘하라는 건지 알 도리는 없었다. 그러나 묻기라도 했다간 곧장 다시 폭행이 가해질 것이니, 백영우로서는 무조건 대답부터 하고 볼 수밖에 없었다.

"예예! 잘하겠습니다."

"오케이! 그럼 이제부터 몇 가지 물을 테니까, 괜히 잔머리 굴리지 말고 째깍째깍 대답해! 알았어?"

"예예! 알겠습니다."

"아 참, 그 전에… 영진테크 알지?"

순간 백영우는 흠칫한다. 그러나 감히 잠깐이라도 궁리를 하지 못해서 즉시 대답을 한다.

"압니다!"

"그렇지! 그리고 말이야, 우리가 누군지 아직도 모르겠어?"

"죄송합니다… 모르겠습니다."

"허! 그래도 명색이 세진그룹 특수사업부의 차장이라는 작자가 이렇게 둔해가지고야… 쯧!"

콧수염 사내가 혀를 찼다. 그러더니 불쑥 얼굴을 가까이 가져다 대며 속삭이듯이 덧붙인다.

"태성!"

순간 백영우의 머릿속에는 번갯불 같은 것이 번쩍했다가, 다시금 하얗게 명멸해 간다.

콧수염 사내가 비릿하게 웃으며 묻는다.

"이제 무슨 상황인지 감 좀 잡았어?"

백영우가 다급하게 말을 쏟아낸다.

"뭔가, 뭔가 오해를 하신 겁니다. 영진테크하고 저하고는 절대 그런 관계가 아닙니다!"

"닥쳐! 새끼야! 오해고 육해고 간에, 지금부터 내가 묻는 말외에는 한 마디도 하지 마! 안 그러면 아주 반쯤 죽여 놓고 나서 다시 시작할 테니까! 알았어?"

콧수염 사내가 차갑게 호통을 쳤다.

백영우가 지레 흠칫 진저리를 치고는 꽉 입을 닫고 만다.

"야! 지금부터 동영상 좀 찍어라!"

콧수염 사내의 말에 사내들 중 하나가 휴대폰으로 촬영을 하기 시작한다.

콧수염 사내가 다시 백영우를 향해 말한다.

"자! 바로 본론으로 들어갑시다! 세진그룹 특수사업부 소속 백영우 차장 맞지요?"

"예! 맞습니다."

"좋습니다! 자! 다음 질문! 영진테크 아시죠?"

"예! 압니다."

"영진테크에서 돈 받은 것 맞습니까?"

"그게… 그게……."

"쑵……?"

"예! 받긴 받았습니다. 그러나 그건… 그쪽에서 한사코 받아 달라기에 일단 받아놓기만 한 겁니다. 정말입니다. 그냥 눈먼 돈이라 생각하고 받은 것뿐입니다. 그게 답니다. 생각해 보십시오. 태성 쪽과 관련이 있다는 걸 알고 있는데, 제가 감히 다른 생각을 할 수 있었겠습니까?"

백영우가 호소했다. 그러자 콧수염 사내의 인상이 와락 일그러진다.

"야! 촬영 중지! 그리고 이 새끼, 아주 죽여 버려!"

"잠깐……! 잠깐만요! 제가 잘못했습니다. 다시 말하겠습니다!"

백영우가 다급하게 사정했다.

그러나 사내들의 무차별적인 폭행이 가해진다. 그리고 잠시 후, 촬영이 재개된다.

"영진테크에서 돈 받은 것 맞습니까?"

"예, 예! 받았습니다."

"태성 쪽하고 걸린 문제들을 깨끗하게 해결해 주겠다고 했습니까?"

"예… 예! 그랬습니다."

"좋습니다! 자! 한 가지만 더 묻겠습니다! 신갈파 사건도 당신이 한 일입니까?"

"예……? 그게 무슨……?"

"아… 신갈파 보스 서건호가 깨진 거, 당신이 시킨 거냐고요?"

"예, 예! 맞습니다. 제가 시켰습니다!"

거기서 촬영은 종료되었다.

콧수염 사내가 사뭇 만족스럽다는 듯 백영우를 향해 엄지손가락을 추켜세워 보인다.

"좋아! 아주 잘했어! 진작 이렇게 하지? 그랬으면 괜한 고생은 안 해도 됐잖아? 자! 어쨌든 이제 다 끝났어!"

"살려주십시오! 제발!"

백영우가 매달렸다.

콧수염 사내가 희미하게 웃으며 받는다.

"그럼 살려줘야지! 곱게 보내드릴 테니까, 안심하서! 근데 그 몸으로 운전하기는 무리일 테니까, 우리가 집까지 편안하게 모셔다드리도록 하지!"

콧수염 사내의 웃음기 끝에 비릿한 느낌이 매달린다.

순간 백영우는 콧수염 사내의 발밑에 머리를 처박으며 다시금 애원한다.

"제발… 살려만 주십시오! 제발!"

지하 주차장 통로 쪽에서 상향등으로 비추는 눈부신 헤드라이트 불빛이 질주해 들어온다.

"뭐야, 저거?"

콧수염 사내가 놀라 외치는 사이에,

끼이익!

그들의 바로 앞에서 급브레이크를 밟으며 차가 멈춰 선다. 그리고 청년 둘이 재빨리 뛰어내리며 크게 외친다.

"백영우 차장님!"

그리고 청년들은 곧장 사내들을 향해 돌진한다.

"야, 뭐 해? 저 새끼들 막아!"

콧수염 사내가 외쳤다. 그의 부하들 셋이 곧장 청년들을 맞아갔다.

그러나 두 청년은 한눈에도 대단한 솜씨들이었고, 잠깐 동안 세 명의 사내가 바닥에 눕힌 데 이어, 콧수염 사내마저도 일격에 쓰러뜨린다. 그리고 그들은 허물거리는 백영우의 몸을 부축해 재빨리 차에 태우고는, 그대로 주차장을 빠져나간다.

겨우 정신을 수습한 콧수염 사내가 급하게 휴대폰을 꺼내든다.

"상무님! 접니다. 예! 그런데 백영우를 놓치고 말았습니다. 죄송합니다. 그런 건 아니고, 갑자기 두 놈이 나타나서 번개처럼 치고 빠지는 바람에… 면목 없게 됐습니다. 예! 세진 쪽에서 나온 놈들이 분명합니다. 예! 예! 백영우가 자백한 장면을 촬영한 동영상은 제가 가지고 있습니다. 예! 예! 알겠습니다. 즉시 들어가겠습니다."

지하 주차장을 빠져나온 차가 속도를 내며 달리기 시작하고 나서야 백영우는 겨우 안도한다.

그리고 그는 스르르 의식을 놓고 말았다.

당신을 도와줄 수 있는 사람!

백영우가 정신을 차린 것은, 호텔 객실 같은 분위기의 어느 방 안이었다.

"으… 윽!"

벌떡 일어나려다 그는 비명을 지르고 말았다. 온몸의 뼈마디가 모조리 부서진 듯이 전신 구석구석이 다 결린다. 그는 일어나기를 포기하고 누운 채 온몸에 힘을 뺀다. 그리고 가만히 생각을 정리해 본다.

갑자기 왜 사태가 이런 지경까지 치달았는지 도무지 이해가 되질 않는다. 기껏 눈먼 돈 몇 푼 받아 챙긴 것 말고는, 별다른 짓을 한 것도 없는데 말이다.

간간이 관심을 둔 까닭에 최근 영진테크에서 무언가 변화의 조짐이 생기고 있다는 건 알고 있었다. 그러나 그와는 이미 아무런 상관도 없게 된 터라, 그냥 남의 일 구경하듯이 했다. 그런데 태성 쪽에서 저렇게 나오는 걸 보면, 자신이 영진테크와 깊이 관련되어 태성의 일을 의도적으로 망쳐놓았다고 보는 것 같지 않은가?

더욱이 신갈파 보스 서건호가 깨졌고, 그걸 그가 시켰다니? 도대체 영문을 모를 소리다.

확실한 건, 뭔가 크게 잘못되었다는 사실이다.

또한 분명한 건, 그가 그런 사태들과 무관하다는 걸 입증하기가 애매하리라는 점이다. 더욱이 태성 쪽에서 동영상까지 찍어갔으니 이제 곧 세진 쪽으로 문제를 제기할 것이다.

그다음은?

사실 어렵지 않게 계산되는 일이다. 세진이 어떻게 대응할지는 뻔하다. 세진의 윗선들 또한 그의 말을 전적으로 믿어주지는 않을 것이라는 점은 둘째로 치고, 그 이전에 그가 정말로 결백한지 아닌지 하는 자체가 윗선들에게는 별로 중요한 고민거리가 아닐 것이다.

즉, 태성의 문제 제기에 대해 확실한 반격을 가할 자신이 없는 이상, 차라리 그를 희생양으로 삼는 수를 선택하기 쉽다는 것이다. 기껏 차장급 직원 하나를 위해 태성과의 전면전을 감수할 이유는 조금도 없는 것이니 말이다.

현관 쪽에서 문이 열리는 기척이 들렸다.

백영우가 고통을 참으며, 온 힘을 쥐어짜내 겨우 몸을 일으킨다.

사내 두 명이 안으로 들어선다.

바로 그를 구해준 청년들이다.

"당신이 지금 어떤 상황에 처해 있는지 잘 알고 있습니다."

말한 사람은 한상운이다.

그 말에 대해 백영우가 경계를 풀지 않으며 받는다.

"당신들이 누구인지 정체부터 밝히시오!"

"당신을 도와줄 수 있는 사람!"

짧게 답하며 한상운이 싱긋 웃어 보인다.

백영우가 설핏 솔깃하기는 하다. 그가 지금 일생일대의 위기에 직면해 있으며, 스스로의 재주로는 도저히 헤쳐 나갈 엄두가 나지 않아 누군가의 도움이 절실한 건 사실이니 말이다.

"날 어떻게 도와줄 수 있다는 거요?"

"해외로 도피할 수 있도록 해주면 되겠소? 물론 안전하게!"

"음……!"

백영우가 잠시 갈등하고 나서 다시 받는다.

"당신들이 누군지도 모르는데, 어떻게 믿을 수 있다는 거요?"

한상운이 담담하게 대답한다.

"아직도 모르겠소, 지금 당신 목숨이 왔다 갔다 하는 상황이란 거? 그런 판에 우리가 누구인지가 중요합니까? 우리가 누구든지, 당신이 살 수 있는 길을 제시해 줄 수 있느냐 없느냐 하는 게 우선이지 않겠소?"

백영우가 다시 고민에 빠지는 듯했다. 그러더니 그는 이윽고 생각을 정한 듯이 입을 연다.

"일단 들어봅시다. 어떻게 날 도울 수 있다는 건지!"

그리고 백영우는 불쑥 덧붙여 묻는다.

"당신들 둘 중 누가 위요?"

한상운이 잠깐 당황스러워할 때 백영우가 다시 말을 잇는다.

"부담스러워 그러는데, 한 사람과만 얘기를 하고 싶소!"

그 말에 강혁수가 한상운에게 가볍게 고개를 끄덕여 보이며,

"밖에서 기다리지!"

하고는 객실을 나갔다.

대표님이시지 않습니까?

철민은 한상운으로부터 간단한 보고를 받았다. 백영우에 대한 건이다.

이럴 때 한상운은 마치 PAR투자운용사의 직원으로서 대표에게 보고를 하는 것 같기도 하다.

그러나 철민은 짐작하고 있다. 한상운의 보고가 박윤호 팀장의 지시에 의한 것이며, 그것은 결국 그에게 필요로 하는 무엇이 생겼다는 의미라는 것을! 그리고 한상운이,

"백영우가 우리의 제안을 따르는 조건으로 돈을 요구하기에 일단은 주겠다고 했습니다."

라고 말했다. 철민의 짐작은 역시나 들어맞았다.

"그래요?"

철민이 짐짓 그와는 상관없는 일이라는 듯 슬쩍 흘려 받았다.

그러자 한상운의 얼굴에 설핏 당혹스러운 기색이 스친다.

그런 한상운의 모습에 철민이 또 내심 쓴웃음을 지었다.

하긴 한상운이 스스로의 의지로 이런 소리를 하는 것도 아니고, 따지려면 박윤호 팀장에게 직접 따질 일이니 애꿎은 한상운에게 싫은 내색을 할 필요는 없었다. 그리고 그 이전에

어차피 이런 역할을 하기로 한 것이었으니 이제 와서 새삼스럽게 자꾸 따지고 드는 것도 서로 유쾌한 일은 아닐 것이다.

"얼마나 달랍니까?"

철민이 슬쩍 물었다.

"그게… 10억입니다!"

한상운이 철민의 눈치를 보듯이 말하고는 얼른 덧붙인다.

"5억은 즉시 계좌로 입금해 주고, 나머지 5억은 나중에 현찰로 달랍니다."

철민이 잠시간 말없이 한상운을 보고만 있었다. 딱히 더 할 말이 없기도 하다. 돈이 필요하다니 주면 될 일이지만, 그렇다고…

"예! 알겠습니다!"

하고 흔쾌하게 대답할 기분은 또 아닌 것이다.

철민의 침묵을 어떻게 해석했는지 한상운이,

"우선 대표님께서 좀……!"

하고 슬그머니 말을 붙여왔다.

그 모습이 문득 우습기도 하고, 또 새삼 어이없다는 생각이 가볍게 들기도 해서 철민이,

"제가 왜요?"

하고 짐짓 시큰둥하게 말을 받았다.

그랬더니 한상운이 얼떨결인 듯 뱉는다.

"대표님이시지 않습니까?"

그리고 한상운은 제 스스로도 멋쩍은 듯 싱거운 웃음을 짓고 만다.

철민이 또한 피식 실소를 머금을 수밖에!

엄청나게 큰 거래

태성그룹 프로젝트사업부장 윤호균 전무는 한 통의 전화를 받았다.

─사업부장님! 저 세진 특수사업부의 백영우 차장입니다. 제가 누군지 아시죠?

생각지 못한 전화였지만, 윤호균 전무는 태연한 채 받는다.

"아, 백 차장! 얘기를 들어 알고 있소! 그런데 무슨 일로 이렇게 직접 전화를……?"

─먼저 사죄의 말씀부터 드립니다. 착오가 있었습니다. 태성이 관계되었다는 걸 뒤늦게 아는 바람에…….

"뭐, 뒤늦게 알아?"

윤호균 전무의 목소리가 대번에 날카로워졌다. 그가 애써 화를 추스르며 잇는다.

"어이, 백 차장! 턱도 없는 소리 지껄이지 말고, 이따위 가당찮은 전화질 할 시간 있으면 당신 윗선에다 보고나 잘해! 전화 끊어!"

─잠깐! 잠깐만 제 말 좀 들어주십시오! 사업부장님!

"무슨 말? 뭘 더 들어줄 게 있어?"

─사업부장님! 저 좀 살려주십시오! 저희 회사에 이 일이 알려지면 전 죽습니다.

난데없는 애걸에 윤호균 전무가 어이없어 실소하고 만다.

"당신 진짜 웃기는 사람이네? 이봐! 자꾸 헛소리 지껄이지 말고, 전화 끊으라니까?"

─사업부장님! 제가 피해 끼친 부분에 대해서는, 충분히 배상을 해드리면 되지 않겠습니까?

"뭐, 배상을 해? 그건 또 무슨 개수작이야? 우리가 입은 손해가 얼만 줄이나 알아? 당신 주제에 무슨 수로 배상을 해?"

─사실은, 제가 약을 좀 가지고 있습니다.

"뭐……?"

—적은 양이 아닙니다. 몇십 킬로그램 단위의 엄청난 양입니다.

순간 윤호균 전무는 아무 말도 할 수 없었다. 그가 잠시 침묵하면서 흥분되는 심정을 애써 추스르는데 백영우가 말을 잇는다.

—혹시 사업부장님께서도 알고 계시는 물건일지도 모르겠습니다. 태성 쪽에서 비밀리에 물건을 찾고 있다는 소문을 들은 적이 있거든요!

그 말을 들은 윤호균 전무는 참지 못하고 무겁게 다그쳐 묻는다.

"그 약, 어디서 나왔나?"

—역시 알고 계시는군요!

"어디서 나왔냐고 묻잖아, 개새끼야!"

이내 윤호균 전무의 입에서 욕이 튀어나왔다. 그러나 백영우는 오히려 느긋한 투로 말한다.

—흥분하신 것 같습니다, 사업부장님! 그런데 이런 얘기, 전화로 하기는 좀 곤란한 것 아닙니까? 그리고 그쪽에서도 물건이 중요하지, 구질구질한 제 사정까지 굳이 알아야 할 필요는 없을 테고 말입니다!

"야, 이 새끼야! 너 지금 누구한테 흰소리를 지껄이고 있어? 확 묻어버릴라, 개새끼가?"

윤호균 전무의 고함이 쩌렁했다. 그러나 백영우는 여전히 느긋하기만 하다.

―이거 아무래도 제가 번지수를 잘못 찾은 것 같군요? 알겠습니다! 그럼 관심이 없다는 걸로 알고, 다른 쪽을 알아보는 수밖에요!

그 말에 윤 전무가 다급하여 다시 고함을 친다.

"야! 기다려!"

―예! 말씀하시죠, 사업부장님?

윤호균 전무가 애써 흥분을 가라앉히며 묻는다.

"물건은 지금 어디 있나?"

―걱정 마십시오! 안전한 곳에 잘 보관 중입니다!

"그 물건 내게 넘겨라! 그럼 너하고 관련된 모든 일은 없던 일로 해주겠다!"

휴대폰 저편의 백영우는 잠시 틈을 둔다. 그러고는 한층 더 느긋한 느낌으로 말을 받는다.

―사업부장님! 이런 식으로 나오시면 곤란합니다. 저도 알아볼 만큼은 알아봤습니다. 그 물건, 대충만 때려봐도 최소 2,000억은 나가는 걸로 계산이 되던데, 제가 태성 쪽에 배상해야 할 게 얼마나 된다고, 기껏 퉁 치는 걸로 그냥 넘기라는 겁니까?

"너, 지금 나하고 거래를 하겠다는 거냐?"

―그렇죠. 거래죠! 그것도 엄청나게 큰 거래!

"뭐? 이 새끼, 이제 보니……?"

윤호균 전무가 다시 격앙되는 목소리를 억지로 가라앉히며 다시 말을 잇는다.

"원하는 게 뭐냐?"

―밀당은 하지 않겠습니다. 물건 가치의 10퍼센트만 챙겨주십시오!

"10퍼센트……? 200억……?"

―그렇습니다.

"이 새끼, 이거 미친 새끼 아냐? 야, 이 새끼야! 너 진짜 죽으려고 환장했냐?"

―거, 자꾸 이 새끼 저 새끼 하니까 듣는 새끼 기분이 좀 나빠지려고 그러네? 니~ 미! 거래고 나발이고 싫으면 맙시다. 물건 사줄 데가 그쪽만 있는 것도 아니고, 2,000억짜리를 200억에 넘기겠다고 하면 달라고 하는 사람이 줄을 설 테니 말입니다.

"그래? 어디 할 수 있으면 한번 해보든가? 흐흐흐! 그러나 내 장담하지! 감히 그 물건 받겠다는 사람은 없을 거라고 말이다. 아니, 그 전에 니가 먼저 죽어! 넌 이미 죽은 목숨이나 마찬가지라고! 그러니까 살고 싶으면 순순히 말 들어, 새끼야!"

—씨~ 발! 죽을 때 죽더라도 그냥은 못 넘기겠소. 차라리 강물에다 확 부어버리고 말지. 나도 이판사판이요.

"허! 이 새끼가 진짜……?"

윤호균 전무가 잠시 말을 멈춘 후 다시 잇는다.

"만약 우리가 200억을 준다고 치자, 그다음에는 또 어떻게 할 건데? 그 돈 가지고 무사히 튈 수 있을 거 같냐?"

—그건 제가 알아서 할 일이니, 그런 걱정까진 안 해주서도 됩니다. 그리고 이게 사업부장님 선에서 결정할 수 있는 것도 아닐 테니, 지금부터 정확히 10분 후에 다시 전화를 드리죠. 오늘 밤 안으로 즉시 거래! 거래 대금은 현금으로 200억! 대답은 예스, 노로만 하십시오. 만약 예스가 안 나오면, 두 번째는 없습니다. 그걸로 끝입니다! 그럼!

그리고 백영우는 전화를 끊어버렸다.

윤호균 전무는 당황스러웠으나 당황하고 있을 여유는 없었다. 그는 곧장 그룹 회장과의 직통 라인으로 전화를 걸었다.

백영우는 정확하게 10분이 지나자 다시 전화를 걸어왔다.

—자! 답을 주시죠!

"일단 만나자!"

—분명히 경고했을 텐데요? 예스가 안 나오면 그걸로 끝이라고! 전화 끊습니다!

"잠깐! 예스다! 회장님의 승인이 났다! 다만……!"

─다만 뭡니까?

"은행이 이미 문을 닫은 이 시간에, 200억이란 현금을 갑자기 어디서 마련하겠는가? 불가능한 일이다!"

─그래서요?

"급한 대로 계열사들의 금고를 탈탈 털어서 20억까지는 어떻게 마련을 했다. 우선 이 돈을 계약금 조로 넘길 테니, 일단 만나서 물건에 대한 확인을 하고, 계약금에 해당하는 만큼의 물건을 먼저 넘겨받는 걸로 하자! 그리고 내일 오전 중에 180억을 마저 준비할 테니, 나머지 물건과 교환을 하는 거다."

─후후! 일단 물건부터 확인하고 나서, 내일 오전까지 절 붙잡을 만반의 준비를 하겠다는 얘기로 들리는군요?

"허허! 그런 얘기가 아니다. 우리 그룹의 현금 보유 사정상, 지금은 그렇게밖에 안 된다는 것이지!"

─그럼… 제가 한발 양보를 하죠.

"양보?"

─예! 현금으로 준비하는 데 그런 어려움이 있다고 하시니, 현금 대신 계좌 이체를 하는 걸로 하죠!

"계좌 이체… 를 하자고……?"

─예! 말씀하신 대로 일단 만나서 물건을 확인하고, 그 자리에서 바로 계좌 이체를 하는 겁니다! 서로 보고 싶을 사이도

아닌데, 나중에 다시 볼 것 없이 한 방에 끝내 버리자는 거죠!

"음……!"

―왜요, 뭐 곤란하신 점이라도 있나요? 거래에 대해서는 회장님께서 이미 승인하셨다니 따로 문제가 될 게 없고……. 아니면 태성그룹에 200억 정도의 잔고가 없다? 에이, 설마 그런 말씀은 안 하시겠죠?

"그거야……."

―제가 더 이상 질질 끌 처지가 못 됩니다. 자! 그럼 정리하겠습니다. 전화 끊는 대로, 문자로 만날 장소를 날려 드리겠습니다. 문자에 찍힌 시간부터 정확히 30분 내에 사업부장님 혼자 오십시오. 분명히 말씀드리지만, 단 1분이라도 늦으면 이 거래는 없는 것으로 되는 겁니다. 그럼!

"잠깐… 잠깐만! 한 사람만 같이 데리고 가겠네!"

―안 됩니다!

"물건이 진짜인지 가짜인지, 확인할 사람은 있어야 하지 않겠나?"

잠시 생각하는 모양이더니 백영우가 다시 대답한다.

―오케이! 사업부장님과 한 사람만 더!

그리고 전화가 끊겼다.

어차피 이판사판입니다!

윤호균 전무는 백영우에게서 받은 약속 장소에 막 도착한
참이었다.

그런데 백영우의 모습은 보이지 않았다.

잠시 후, 문자가 한 통 왔다.

[장소를 이동합니다!]

그러고도 한 번을 더 장소를 옮겨 윤호균 전무의 차가 세
번째 약속 장소인 시내 외곽의 프론티어호텔 현관으로 들어
설 때였다.

똑! 똑!

모자를 눌러쓴 사람 하나가 불쑥 나타나며 차창을 두드렸다.

"백영우 차장······?"

창을 열고 묻자, 모자 쓴 사람이 고개를 끄덕인다.

이어 문을 열어주자, 그는 재빨리 뒷좌석 윤호균 전무의 옆
자리로 올라탔다.

"안녕하십니까, 사업부장님!"

"혼자 나오다니, 제법 배짱이 좋군!"

윤호균 전무가 창밖으로 주변을 살피며 말했다.

백영우가 엷게 웃으며 받는다.

"목숨이 걸린 판인데, 배짱만 가지고 되겠습니까?"

"무슨 소린가?"

"준비를 좀 했습니다! 저도 목숨은 보전해야 하지 않겠습니까?"

"준비?"

백영우가 쓰고 있는 모자의 앞부분을 가리킨다.

"여기에 비디오와 오디오 송출 장치가 달려 있습니다. 지금 이곳의 상황을 다른 장소에서 제 동료가 실시간으로 보고 있다는 겁니다. 만약 제게 조금이라도 이상이 생긴다면, 사업부장님은 물건을 구경할 수 없게 되겠죠."

"자네를 인질로 잡으면?"

"후훗! 그럼 제 동료가 혼자서 물건을 차지하겠죠. 의리 같은 건 별로 없는 친구라, 조금만 낌새가 이상하다 싶으면 바로 날아버릴 겁니다. 그리고 조용해질 때까지 어디 구석에 짱박혀 있다가, 아마도 한 10년쯤 지난 뒤에 슬슬 물건을 처분하려고 하겠죠."

"음……!"

"자! 출발하시죠!"

"어디로?"

"일단 직진입니다."

강변도로를 한참이나 달린 차는, 별안간 차선도 없는 좁은 도로로 진입한다. 다시 얼마간을 가자, 공사 중인지 차량 진입 금지 팻말이 서 있다.

그러나 차는 팻말을 간단히 무시하고 계속 간다. 200미터 쯤을 더 들어가자, 작은 공터 하나가 나타난다.

그리고 차가 이윽고 멈춰 선다.

사방은 차의 라이터 불빛을 제외하고는 온통 캄캄한 암흑이다. 윤호균 전무는 자신이 대체 어디쯤에 와 있는지 짐작조차 해보기가 힘들었다.

"물건은 어디에 있나?"

윤호균 전무의 물음에 자신도 모르게 의심과 경계가 잔뜩 묻어난다.

그런데 그때였다.

부릉~!

부르릉!

어둠 속 저편에서 갑자기 정적을 깨는 엔진 소리가 들렸다. 그리고 어둠 속에서 돌연히 두 줄기 환한 불빛이 생겨났다. 오토바이 라이트 불빛이다. 좌측 전방으로 20여 미터쯤 되는 지점이다. 두 대의 오토바이가 10여 미터 간격으로 나란히 서 있다.

"지금 뭘 하자는 건가?"

윤호균 전무가 잔뜩 긴장한 빛으로 물었다.

백영우가 한 곳을 가리키며 말했다.

"물건은 저곳에 있습니다."

그리고 보니 오토바이들의 라이트가 한 곳을 비추고 있는데, 그곳에 한 무더기로 쌓여진 무언가가 있다.

자세히 보니 커다란 나무판 위에 내용물이 담긴 비닐봉지들이 차곡차곡 쌓여 있었다.

"확인하시죠?"

백영우의 말에 윤호균 전무가 운전석의 사내에게 턱짓으로 지시한다.

사내가 차 문을 열고 성큼성큼 걸어간다.

백영우와 윤호균 전무도 차에서 내려 사내의 모습을 주시한다.

이윽고 물건이 있는 곳에 도착한 사내는, 비닐봉지 하나를 집어 조심스럽게 열고 안의 내용물을 조금 들어내 맛을 본다.

그리고 더미의 중간쯤에서 다른 봉지 하나를 빼서 같은 방법으로 확인을 하고, 다시 같은 방법으로 세 번을 더 확인하고 난 다음에야 차가 있는 곳으로 돌아온다.

"물건은 확실합니다."

사내의 나직한 보고에 윤호균 전무는 비로소 약간의 여유를 가지며 백영우를 향해 묻는다.

"그럼 이제 대금을 결제할 차례인가?"

윤호균 전무의 손이 품속으로 향한다.

그런데 그때였다.

"잠깐! 그 전에 알아두셔야 할 것이 있습니다."

백영우가 윤호균 전무의 그런 행동을 제지하듯이 말했다. 그리고 그는 다시 사내를 향해 묻는다.

"방금 물건 확인할 때 무슨 냄새 나지 않았소? 휘발유 냄새가 제법 강했을 텐데?"

"무슨 소리야?"

윤호균 전무가 백영우와 사내에게 동시에 물었다.

먼저 사내가 윤호균 전무를 향해 조심스럽게 고개를 끄덕였다.

이어 백영우가 차분하게 말을 꺼낸다.

"물건이 쌓여 있는 나무판 밑에 휘발유가 한 드럼 묻혀 있습니다. 그리고 저 두 대의 오토바이가 있는 곳까지도 각각 휘발유가 뿌려져 있지요. 오토바이를 타고 있는 친구들은 지포 라이터를 하나씩 가지고 있고요. 더 이상 얘기 안 해도 무슨 뜻인지 아시겠죠?"

윤호균 전무의 얼굴이 대번에 굳어졌다.

"음… 도대체 무슨 짓인가?"

"후후! 말씀드리지 않았습니까? 안전한 거래를 위해 준비를 좀 했다고!"

백영우가 이어서 담담히 덧붙인다.

"자! 이제 대금을 결제하시죠! 계좌 번호는 지금쯤 전무님 폰으로 갔을 겁니다. 그 계좌로 입금이 확인되는 즉시 저희는 조용히 물러나 드리겠습니다."

"잠깐! 잠시만 기다려 주게!"

윤호균 전무가 무겁게 말했다. 그리고 그는 차 안으로 들어간다. 아마도 윗선에게 보고를 하고, 최종 허락을 받는 것이리라.

"곧 입금이 될 걸세."

차에서 나온 윤호균 전무가 말했다.

"감사합니다."

백영우가 가볍게 고개를 숙여 보인다.

그런 백영우를 잠시 응시하던 윤호균 전무가 무겁게 묻는다.

"그런데 자네, 이런 대담한 짓을 벌여 놓고 뒷감당은 어떻게 하려고……?"

"저야 어차피 이판사판입니다!"

백영우가 희미하게 웃으며 대답했다. 그런 그에게서는 왠지 씁쓸한 느낌이 들었다.

그때였다.

부다다다다!

오토바이 한 대가 빠르게 달려와 백영우의 앞에 선다.

백영우가 재빨리 오토바이의 뒷자리에 타며 말한다.

"입금이 된 모양이군요. 그럼 전 이만!"

부아아아앙!

오토바이가 곧장 굉음을 내며 달려 나갔다.

"어떻게 할까요?"

사내가 물었다. 그런 사내의 손에는 권총이 들려 있다.

윤호균 전무는 가만히 고개를 젓는다. 오토바이 한 대가 여전히 원래의 자리를 지키고 있다.

백영우를 태운 오토바이가 어둠 속으로 한참이나 달려간 다음, 나머지 한 대의 오토바이가 이윽고,

부아아아아앙!

굉음을 토하며 쏜살같이 어둠을 뚫고 사라져 간다.

오토바이의 불빛이 빠르게 멀어지는 것을 잠시 지켜보고 있던 윤 전무가 쓰게 입맛을 다시며 지시한다.

"물건 차로 옮겨 실어!"

사내가 곧장 차를 몰아 물건이 쌓여 있는 곳에다 대고 트렁크를 연다. 그리고 조심스럽게 비닐봉지들을 트렁크에 옮겨 싣는다.

첨단 장치

덜컹거리는 비포장도로를 되돌아 나오면서 윤호균 전무는 가만히 한숨을 내쉰다.

200억이란 거금을 날린 것에 대해서는 어느 정도의 문책을 감수해야 할 것이다.

그러나 자그마치 그 열 배의 가치를 지닌 물건을 확보하지 않았는가?

물론 원주인으로부터 회수 의뢰를 받은 물건인 만큼, 그 본래의 가치만큼 고스란히 이득을 다 취하기는 어려울 것이다.

그러나 소요된 비용 대비 최소 다섯 배 이상은 보상을 받을 수 있을 것이고, 더욱이 당장의 금전적인 이득보다도 더욱 가치 있는 간접적인 보상을 추가로 기대할 수 있다.

그럼으로써 감수해야 할 문책보다는 누릴 공이 훨씬 크다고 할 것이다.

끼이익!

갑자기 차가 급브레이크를 밟았다.

"무슨 일이야?"

윤호균 전무가 놀라 물었다.

운전석의 사내가 황급히 차 문을 열고 뛰어 나가며 외친다.

"트렁크에서 연기가 납니다!"

"뭐?"

윤호균 전무가 또한 차 문을 박차며 뛰어나간다.

사내가 트렁크를 열어젖힌다. 그러자 시커먼 연기가 잔뜩 뿜어져 나오는 속으로 벌건 불기운들이 솟구친다. 마약이 담긴 비닐봉지들이 불타고 있었다.

"꺼내! 빨리!"

윤호균 전무가 절규하듯이 외쳤다.

그러나 트렁크 안은 이미 불길에 휩싸여서 어떻게 손을 쓸 수 없는 지경으로 타들어가고 있었다.

윤호균 전무는 다리에 힘이 풀려 그 자리에 털썩 주저앉고 말았다.

"그거 믿어도 돼? 확실히 작동하기는 하는 거야?"

"아마 지금쯤은 다 탔을걸?"

"어차피 없애기로 했으면 계좌 이체만 확인하고 현장에서 직접 처리하면 확실하고 깨끗하잖아? 뭐 하러 쓸데없이 일을 복잡하게 만드는지 몰라?"

"후훗! 고차원적인 심리전인 셈이지. 그 덕에 첨단 장치도 써보고 좋잖아?"

"첨단 장치 좋아하네? 첨단이니 뭐니 하는 것들일수록 걸핏

하면 오작동이더라!"

"오작동 나라고 아예 고사라도 지내지그래?"

"누구 모가지 자를 일 있어?"

"하하하!"

"호호호!"

한바탕 웃음을 터뜨리는 두 사람은 강혁수와 한상운이었다.

그들은 원래 마약이 담겨 있던 비닐봉지를 바꿔치기했다.

비닐봉지의 재질이 바뀌었고, 그 각각에 초소형의 미립자형 투명 박막 소자가 심어졌다. 최첨단 과학의 산물이라고 하는데, 자세한 것이야 두 사람도 알지 못한다.

어쨌든 그 투명 박막 소자란 것이 원격 제어가 가능한 일종의 점화 장치이고, 그 비닐봉지는 최첨단 소재로 일단 점화가되면 엄청난 화력으로 순식간에 타버리는 재질이라고 했다.

백영우와의 약속은 지켰다. 5만 원짜리 지폐로 5억이 담긴 캐리어와 필리핀행 비행기 티켓을 주었다.

대기하고 있던 택시를 탔으니, 그는 곧장 공항으로 달려갔을 것이다.

여유를 부려 태성 쪽 사람들에게 잡혔다간, 그야말로 지옥을 구경하게 될 테니 말이다.

우리 대표님 만세!

태성 쪽으로부터 대포 통장으로 이체된 200억은 곧바로 해외의 페이퍼컴퍼니 계좌로 옮겨졌다.

그리고 적당히 세탁 과정을 거친 다음, 다시 철민의 계좌로 입금되었다.

그런 사실을 전해 듣자마자 철민이 펄쩍 뛴 것은 당연한 것이었다.

"그 돈을 왜 나한테……?"

한상운이 슬쩍 반문한다.

"그럼 어디로 보냅니까? 버릴 수도 없는 일이고!"

"아니… 검찰이나 경찰 쪽으로 넘겨서 국고로 환수되게 하든지 해야지……."

"요즘은 국고로 넣는 것도 무지 까다롭습니다. 정상적이고 합법적인 내역이 있는 돈이라야지, 이번 경우처럼 어두운 내력을 가진 돈은 어떻게 입고시킬 방법도 없습니다. 불법 자금이니 뭐니 해서 두고두고 문제를 일으킬 테니까요. 그렇다고 그 큰돈을 버릴 수도 없는 노릇이니, 그냥 이번 일에 투자한 원금과 수익이라고 생각하시면 될 것 같습니다."

"그렇게 치기엔 너무 넘치지 않습니까?"

"그럼 앞으로도 보장 없이 투자해야 할 상황들이 또 생길 것에 미리 대비한다고 치면 될 일입니다. 그리고 저희들의 보

수도 챙겨주셔야 할 것 아닙니까?"

"보수요……?"

"그렇지요. 저하고 강 대리는 어디까지나 대표님 사람 아닙니까? PAR투자운용사의 직원으로서 월급이며, 소소한 경비처리며, 또 위험수당 같은 것들을… 안 챙겨주실 겁니까?"

"허허!"

철민이 어이없어 절로 실소가 나올 만큼 실없는 수작이었다.

그러나 그는 왠지 싫기보다는 은근히 반갑기까지 하여 슬쩍 장단을 맞춘다.

"뭐, 그럽시다. 챙겨 드리죠! 챙겨 드려야죠!"

가만히 듣고 있던 강혁수가 싱긋 웃으며 끼어든다.

"기왕 말이 나온 김에, 저희들 월급 좀 올려주시면 안 되겠습니까? 저희도 이제 결혼도 고려해 봐야겠고 해서 말입니다."

철민이 다시금 실소하며 고개를 끄덕이고 만다.

"하하하!"

강혁수가 쾌활하게 웃음을 터뜨렸다. 그러고는 두 손을 번쩍 치켜든다.

"역시 대표님이십니다! 우리 대표님, 만세!"

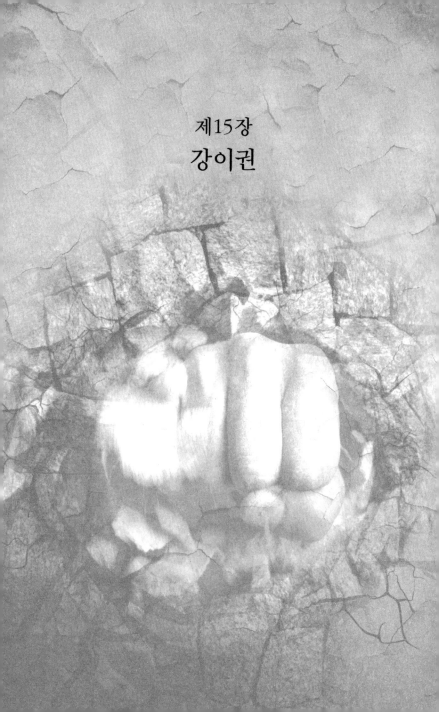

제15장

강이권

일촉즉발

　박윤호 팀장에 의하면, 태성그룹과 세진그룹 사이의 갈등이
확연하게 고조되는 정황들이 속속 포착되고 있다고 했다.
　물론 백영우 사건 때문이다.
　태성 쪽에서는 백영우가 벌인 사건들이 결코 그 혼자서 꾸
밀 수 있는 규모가 아니란 점을 들어, 세진 측이 배후에 있는
것 아니냐는 의혹을 제기했다.
　더불어 그로 인해 입은 피해를 전적으로 책임질 것을 세진

쪽에 압박하고 있는 중이라고 했다.

세진 쪽에서도 긴급 대책 회의가 열렸다.

대책 회의에서는 비록 백영우가 잠적해 버려서 직접 확인할 길은 없으나, 태성 쪽으로부터 제시된 여러 증거들과 정황들로 보아 백영우의 소행을 인정할 수밖에 없다는 쪽으로 결론을 냈다. 그리고 모든 것은 어디까지나 백영우의 단독 소행이며, 세진과는 전혀 무관하다는 입장을 취했다.

결국 태성과 세진, 양쪽의 대치가 격화되면서 물리적 충돌 직전까지 갔다.

상황이 심각해지자 양 그룹 회장들 간의 긴급 회동이 이루어졌고, 극적으로 임시 타협안이 도출됐다.

임시 타협안의 골자는 다음과 같다.

〈필리핀으로 도망친 백영우를 잡기 위해 태성 쪽에서 현지의 협력 조직들을 총동원하고 있는 중이니, 양측은 여하간 충돌을 자제하고 일단 기다린다. 그리고 백영우가 잡히면 그때 양측 동수로 합동 조사단을 꾸려 진상을 투명하게 조사하고, 그 결과에 따라 처리 방안을 결정한다.〉

그러나 그룹회장들의 타협에도 불구하고, 양쪽의 실무선

전반에서는 곳곳에서 일촉즉발의 날선 대립과 갈등이 이어지고 있는 실정이었고, 그런 와중에 아무래도 세가 밀리는 세진 쪽의 열세가 점점 가속화되었다.

박윤호 팀장은 다음 단계의 작전에 들어간다고 했다.

법원 경매

강남 중심가에 있는 5성급 유니타운즈 호텔이 법원 경매에 나왔다. 지상 22층, 지하 5층 규모로 객실과 휴게 음식점, 실내 골프 연습장, 사우나, 피부 관리실 등의 부대 시설이 일괄적으로 매물에 포함되어 있다.

감정가는 대지 670억 원, 건물과 시설을 합하여 330억 원으로, 총 1,000억 원에 이른다. 이 같은 감정가는 경매로 넘겨진 수도권 내 숙박 시설 중 역대 최고액이다.

유니타운즈 호텔은 몇 년 전 호텔 건물을 담보로 S저축은행과 P저축은행에서 약 400억 원을 대출받았다. 그런데 검찰이 작년에 이 호텔의 실소유주인 송 모 씨를 탈세 혐의 등으로 구속했고, 이후 송 모 씨가 이자와 원금 상환에 차질을 빚자 호텔이 경매로 넘어간 것이다.

그러나 경매는 이미 세 번이나 유찰이 되었고, 최저 경매 가격은 감정가의 51.2%인 512억까지 내려왔다. 그러나 누구라도 군침을 삼킬 만하건만, 여전히 아무도 쉽사리 덤벼들지 못하고 있었다.

그런 데는 호텔의 입지 여건과 활용도 측면에서 가치가 높기는 해도 금액이 워낙 커서 개인이 입찰에 참여하긴 쉽지 않을 것이라는 부동산 업계의 의견이 있기도 하지만, 사실은 다른 이유가 또 있다.

즉, 호텔의 실소유주인 송 모 씨가 조폭과 밀접한 관계이고, 그 조폭 쪽에서 가능한 한 많은 횟수의 유찰을 통해 최대한 싼 가격에 호텔을 확보하려 한다는 소문 때문이다.

세진그룹 특수사업부에서도 유니타운즈 호텔의 경매 건에 대해 예의 주시하고 있었다. 물론 소문 속의 조폭이, 태성 쪽과 연계가 되어 있는 조직이란 건 이미 알고 있었다. 그러니 만약 다른 때 같았으면 애초에 욕심을 접었을 것이다.

그러나 지금 세진그룹은 그룹 전체적으로 심각한 자금난에 시달리고 있었다.

현재의 조건만으로도 감정가 대비 최저 경매 가격의 차익이 거의 500억이다. 앉은 자리에서 500억이 그냥 굴러 들어오는 장사인 것이다.

더욱이 굴러 들어오는 건 단순한 차익뿐이 아니다. 호텔에는 국내에서 세 손가락 안에 꼽히는 규모의 룸살롱인 WWT가

입주해 있다.

WWT는 엄청난 수익을 창출하는 황금알이었고, 그 황금알을 고스란히 집어삼킬 수 있는 절호의 기회인 것이다.

물론 안 그래도 태성 측과 일촉즉발인 상황에서, 자칫 잘못했다간 정말로 전쟁이 날 수도 있는 사안이었다.

그러나 지금 세진의 자금난이 결국은 태성 쪽의 의도적인 옥죄기에 의한 것이 아니던가?

그리고 어차피 먹고 먹히는 바닥이다. 큰 걸 먹으려면 당연히 큰 위험을 감수해야 하는 법인 것이다.

경매가 한 번 더 유찰되기는 어려웠다. 즉, 은행 대출금 400억에다 이자가 있으니, 다시 한 번 유찰이 된다면 무잉여가 되어 법원의 직권으로 경매가 취소될 가능성이 다분했다.

"액션을 취하려면, 지금 취해야만 한다!"

세진그룹 특수사업부장 염기준 전무는 이윽고 결론에 도달했다.

"NO!"

세진그룹 총수 나인태 회장은 나직한 소리로, 그러나 사뭇 단호하게 고개를 저었다.

"회장님! 모험을 해볼 만한 가치가 충분히 있다고 생각합니다. 더욱이 지금 그룹의 자금 사정이 정말 위태로울 만큼 어렵다는 걸 아시지 않습니까?"

특수사업부장 염기준 전무가 조심스럽게, 그러나 여전히 강한 의욕을 꺾지 않으며 말했다.

그러나 나인태 회장은 다시금 고개를 젓는다.

"그래! 알고 있어. 그래서 솔직히 나도 구미가 당기기는 해! 하지만 우리가 지금 칼자루를 쥐고 있는 게 아니잖아? 꼭 전쟁을 피할 수 없는 상황이라면 모르겠지만, 아직은… 날카로운 칼날을 쥐고 있는 처지에서 우리가 먼저 도발할 수는 없지 않겠어?"

나인태 회장의 얼굴에 씁쓸한 웃음기가 걸린다.

염기준 전무는 그런 회장의 모습을 보며 고개를 숙이고 만다.

유니타운즈 호텔의 경매는, 입찰표를 등기우편으로 접수시킬 수 있는 기간 입찰 방식이 아니라, 입찰자가 매각 기일에 직접 출석하여 입찰표를 제출하도록 하는 기일 입찰 방식으로 정해졌다.

경매 방식이 그렇게 정해진 데 대해서는, 누군가 자신들을 제외한 다른 쪽의 입찰을 원천봉쇄하려고 손을 쓴 게 아니냐는 관측이 따랐다.

실제로 매각 기일이 되자, 아침 일찍부터 검은색 정장의 덩치들 여럿이 입찰 창구 주변을 어슬렁대며 사뭇 삼엄한 분위기를 연출했다.

그리고 이윽고 입찰표 접수 마감 시간이 임박하여서는, 시종 분위기를 잡고 있던 덩치들 중 하나가 자신들의 입찰표가 든 봉투를 집행관에게 제출했다.

그런데 바로 그때 갑자기 엉뚱한 상황이 벌어졌다. 누군가 설렁설렁 집행관 쪽으로 다가가더니 불쑥 입찰 봉투를 내민 것이다.

그때까지 한 번도 얼굴을 드러내지 않았던 생소한 인물이었다. 그리고 너무도 태연하고도 갑작스러워서, 내내 서슬이 퍼렇던 덩치들도 겁을 주거나 물리력을 동원해 볼 틈도 없이 속수무책으로 지켜볼 수밖에 없었다.

집행관마저도 언뜻 당황하는 듯한 기색이었다. 그렇더라도 집행관은 이내 자신의 직무에 충실하여, 그 사람에게 수취증을 건네고 입찰 봉투를 건네받았다.

당황한 덩치들의 움직임이 바빠졌다. 그중 책임자로 보이는 자는 어디론가 급히 전화를 걸며 밖으로 종종걸음을 쳤다.

그리고 잠시 후 돌아온 그는, 집행관에게 이미 제출했던 봉투를 돌려받아 바쁘게 뭔가를 고치고는 다시 제출했다.

지켜보던 사람들의 흥미가 잔뜩 고조된다.

'덩치들 측에서 입찰 금액을 긴급히 상향시킨 것일 텐데, 과

연 얼마나 액수를 올려서 썼을까?'

추측이 분분하다.

그런 와중에 처음의 금액은 당연히 최저 입찰 금액인 512억 부근이었을 테지만, 엉뚱한 복병이 생긴 이상 아마도 800억쯤 은 써냈을 것이라는 추정이 우세하였다.

그 엉뚱한 복병은 분명 500억대의 싼 가격을 보고서, 똥 인지 된장인지도 모르고 충동적으로 덤벼든 불나방일 터이 다.

그러나 덩치들 측에서 보자면, 또 너무 여유가 없게 써냈다 가는 그야말로 엉뚱한 결과가 나와 버릴 수도 있는 것이니, 첫 번째 유찰에서 다운된 800억 정도가 그나마 감수할 만한 출 혈일 거라는 계산을 하지 않겠느냐는 것이었다.

이윽고 개찰 시간이 되었다. 그리고 정말로 엉뚱한 결과가 나와 버렸다.

최고액을 제시한 입찰자는 바로 그 엉뚱한 복병이었다.

1,100억!

감정가를 오히려 100억이나 훌쩍 상회하는 금액이었다.

유니타운즈 호텔의 흥미로운 입찰 결과는 세진그룹의 나인 태 회장에게도 즉각 보고가 되었다.

"피에이… 뭐라고 했나?"

나인태 회장의 물음에 염기준 전무가 얼른 대답한다.

"피에이알 투자운용사입니다."

"피에이알 투자운용사? 못 들어본 이름인데?"

"아직 알려지지 않은 신생 투자사 같습니다."

"그래? 신생 업체인데 1,000억이 넘는 현찰을 가볍게 찔렀다? 제법 대단한 자금력 아닌가?"

"그렇긴 합니다만… 어떤 물건인지 제대로 파악해 보지도 않고 덥석 물기부터 한 걸 보면, 아무래도 뭘 잘 모르는 철부지일 거라는 생각이 듭니다."

"흠! 철부지라……? 그래, 그럴 수도 있겠지! 그렇더라도 어쨌든 흥미롭군! 어떤 자들인지 일단 알아볼 필요는 있겠어!"

"알아보도록 하겠습니다."

"아! 그리고……."

"예! 회장님!"

"특수사업부 임원들하고 술 한잔한 지 꽤 오래된 것 같은데, 오늘은 좀 그렇고… 내일 저녁 어때? 마침 대물이 일본에서 공수된다고 연락이 왔던데!"

"알겠습니다. 내일 저녁에 전원 소집해 놓도록 하겠습니다. 감사합니다, 회장님!"

염기준 전무는 깊숙이 허리를 숙였다.

나인태 회장은 참치 마니아였다. 오죽했으면 그룹의 식품

사업 계열에 스시 전문점을 직접 포함시켰겠는가?

일본에서 공수된다는 대물은 물론 참치를 말하는 것이다. 그리고 그런 자리에는 회장의 직계가족이나, 혹은 그가 직접 접대해야 하는 중요 인물이 아니고서는 좀처럼 초대받기가 어려웠다.

회장이 특수사업부 임원 전원과 대물을 함께 나누겠다는 것은 상당히 예외적인 특전을 베푸는 것이었다.

인당 100만 원짜리

스시궁!

일본 스시 장인 토시오가 요리장으로 있는 최고급 일식집이다.

입구에 들어서니 온통 고급 목재로 장식된 실내는 정갈하면서도 전체적으로 우아한 느낌을 풍긴다.

철민 일행은 넷이다. 한상운과 강혁수, 그리고 미후까지!

일행은 예약을 확인한 다음, 종업원의 안내를 따라 넓은 1층을 가로질러 2층으로 올라간다.

2층은 1층만큼이나 넓은 면적에 몇 개 안 되는 룸들이 갖춰져 있었는데, 그야말로 VIP 고객들을 위한 공간으로 특별한 접대 자리나 혹은 부유한 미식가들을 위한 장소로 쓰일

법했다.

예약된 룸으로 들어서자, 최고급 인테리어와 은은한 조명이 화사하고도 고급스러운 분위기를 연출하고 있었다.

긴 원목 탁자에 밑으로 바닥이 파인 일본식 자리가 마련되어 있었고, 벽에 걸린 액자에는 스시 본래의 맛을 제대로 내기 위해 스시 재료인 참치에서부터 소금, 설탕까지도 일본에서 직접 공수해서 쓰는 것을 원칙으로 한다는 내용이 소개되어 있다.

"흐~ 으~ 앗!"

사뭇 과장된 소리는 강혁수가 낸 것이었다. 짐짓 크게 뜬 그의 눈이 메뉴판을 들여다보고 있다.

[기본 인당 40만 원부터]

라는 문구 때문일 것이었다.

철민이 짐짓 쓴웃음을 지으며 말한다.

"한 대리가 얘기 안 했습니까, 오늘 회식, 인당 100만 원짜리 코스 요리로 예약을 해놓았다고?"

"예? 인당 100만 원짜리요?"

강혁수가 이번에는 진정으로 놀랐다는 듯 두 눈을 부릅뜨고 반문했다.

한상운이 해명이라도 하듯 강혁수를 향해 슬쩍 눈치를 주며 말한다.

"업무 추진비로 쓰는 거야!"

강혁수가 한상운에게 면박을 준다.

"야! 인당 100만 원짜리 요리를 어떻게 업무 추진비로 쓸 수 있냐?"

한상운이 가볍게 눈살을 찌푸리며 강혁수의 말에 반박을 한다.

"모르는 소리! 원래 상사와 함께하는 업무의 경비는 상사 기준으로 책정되는 법이야. 그리고 우리 대표님 기준으로야, 이 정도의 업무 추진비를 못 쓸 건 아니지!"

그 말에 철민은 조금쯤 멀뚱해지고 말았다.

그때 룸의 문이 열리면서 종업원들이 음식을 가지고 들어온다. 멸치 샐러드와 참치 구이, 그리고 몇 종류의 회다.

'젓가락질 한 번에 도대체 얼마나 치는 걸까?'

그런 생각을 저마다 떠올리지 않을 수 없었던지, 한상운과 강혁수, 그리고 철민 중 누구도 선뜻 젓가락을 가져가지 못했다.

그런 와중에 철민의 곁에서 내내 그림처럼 앉아 있던 미후가 불쑥 입을 연다.

"토시오는 일본 TV에도 여러 차례 나온 적 있는, 진짜 스시 명인이에요! 한번 드셔보세요!"

철민에게 권하는 말이었다. 그에 철민이 회가 담긴 접시로 젓가락을 가져가는데, 미후가 슬쩍 덧붙인다.

"참치 뱃살이에요. 진한 색부터 차례로 드셔보세요!"

미후의 코치에 따라 철민이 참치 뱃살 한 점을 입에 넣고 가볍게 씹는다. 그러자 입안 가득 육즙이 베어 나오면서 그대로 사르르 녹는 듯했다.

'꿀꺽!'

목울대가 크게 울리도록 침을 삼킨 이는 강혁수였다. 그가 철민을 따라 조심스럽게 참치 뱃살 한 점을 입으로 가져간다. 그러곤 차마 씹지 못하겠다는 듯 숫제 두 눈을 지그시 감는다.

"후훗!"

철민이 가볍게 실소했다. 그리고 그제야 모두는 한결 편하게 요리를 즐기기 시작했다.

고등어, 전복, 문어 스시, 그리고 튀김 종류!

계속해서 나오는 요리를 즐기다 보니, 배가 부르는 줄도 모르게 어느새 배가 차고 말았다.

그런데 다시 특별 서비스라며 또 요리가 나온다. 대형 참치에서도 몇 점 나오지 않는 특수한 부위들이라고 했다. 과연 별미다. 배가 부름에도 계속 먹지 않을 수 없을 만큼!

그리고도 진짜 마지막이라며 소바와 과일이 나왔을 때, 철민은 더 이상 먹기를 포기하고 말았다.

다만 그렇더라도 인당 100만 원짜리 요리를 끝내 남기고 마는 안타까움은 느끼지 않아도 되었다.

강혁수가 있었다. 그는 가히 대식가다운 면모를 유감없이 발휘하고 있었다.

그리고 미후도 아주 조금씩 맛을 보면서 코스를 끝까지 즐겼다.

"곧 시작될 것 같습니다."

잠시 룸을 나갔다 돌아온 한상운이 나직이 말했다.

그 말에 이윽고 그들의 식사는 끝이 났다.

과연 정체가 뭘까?

세진그룹 나인태 회장은 염기준 전무와 특수사업부소속 임원 세 명과 함께 스시궁 2층의 별실에서 참치 스시를 즐기고 있는 중이다.

최고 선도의 참치 스시에 곁들여 마시는 따뜻한 사케 한 모금은, 요즘 태성그룹과의 갈등과 더욱이 점점 수세로 몰리는 상황들 때문에 내내 무거웠던 나인태 회장의 기분을 잠시나마 풀어주는 것 같았다.

나인태 회장이 임원들에게 한잔씩 권하고 받고 하다 보니 제법 얼큰해지는 중이었는데, 갑자기 룸의 문이 열리며 단단한 체격의 중년 사내 하나와 건장한 청년 둘이 들어선다.

"무슨 일이야?"

나 회장의 목소리에 약간의 역정이 섞였다. 그의 경호 팀이었는데, 그는 웬만한 상황이 아니고서는 경호 팀이 눈에 띄게 나서는 것을 좋아하지 않았다.

"회장님! 바깥 분위기가 좀 심상치 않습니다. 열 명 정도의 애들이 몰려왔는데, 제법 야물어 보입니다."

중년 사내, 경호 팀장 황지성의 말에 좌중에 대번에 긴장감이 돌았다.

그러나 나인태 회장은 짐짓 대수롭지 않은 듯이 묻는다.

"어느 쪽 애들이야?"

"눈에 익은 얼굴이 하나 있는데, 태성 쪽 애들인 것 같습니다."

나인태 회장의 안색이 그제야 무겁게 가라앉는다. 태성과 큰 선에서 합의해 놓았지만, 이 바닥의 속성이 원래 그런 만큼 혹시 태성 측에서 선수를 쳐올 가능성에 대해 생각을 전혀 안 하고 있었던 건 아니다.

'당장에야 설마!' 하고 넘겼던 것인데……! 나인태 회장의 머릿속으로 일말의 후회가 스쳐 지나간다.

"그런데……."

황지성이 조심스럽게 말을 꺼내놓고는 나인태 회장의 눈치를 살피며 다시 말을 잇는다.

"놈들의 목표가… 일단은 다른 쪽인 것 같습니다."

"다른 쪽?"

"아마도 건너편 룸을 노리는 것 같습니다. 그렇더라도 우선의 충돌을 피하고, 또 만약의 사태를 대비한다는 차원에서 저희들은 일단 안으로 들어왔습니다."

그때였다. 바깥쪽에서 갑작스런 소란의 기미가 일어나더니, 곧바로 급박한 상황으로 번지고 있는 것 같다.

덩달아 모두가 긴장할 때 나인태 회장이 나직이 황지성을 부른다.

"황 팀장!"

"예! 회장님!"

황지성이 기민하게 대답했다.

"문 좀 열게!"

그 말에 황지성이 룸의 문을 한 뼘쯤 연다.

나인태 회장이 다시금 지시했다. 그러자 황지성이 활짝 문을 열어젖힌다.

건너편 룸에서 지금 한 판 난투극이 벌어지고 있는 중이었다.

양쪽의 패는 확연히 분간되었다.

맞춘 듯이 검은색 정장에다 짧은 머리의 덩치 10여 명은 안 물어봐도 태성 쪽 애들일 테고, 그들과 맞선 쪽은 남자 셋과 여자 하나다.

그런데 싸움은 나인태 회장의 기대(?)보다 치열하지는 않다.

배가 넘는 숫자의 열세에도 불구하고, '남자 셋, 여자 하나' 쪽은 오히려 여유가 있어 보인다. 그나마도 그들 중 정작 싸움에 나서고 있는 것은, 유니폼으로도 보이는 깔끔한 회색 체크무늬 정장 차림의 사내 둘이다.

체크무늬의 그 둘은 적극적으로 싸우기보다는, 뒤로 몇 걸음쯤 물러나 있는 밤색 재킷을 걸친 남자와 여자를 보호하는 데 주력하고 있는 것처럼 보인다.

밤색 재킷의 남자는 30을 넘지 않은 젊은 친구다.

여자는 큰 키에다 큰 눈에 늘씬한 몸매인데, 험악한 싸움의 와중에도 밤색 재킷의 남자를 수행하고자 하는 의지를 보이듯 그의 곁으로 바짝 붙어서 있다.

'저 애송이를 태성에서 노린다고? 대체 누구길래……?'

나인태 회장은 잠깐의 의혹을 가져보았다.

그런 와중에 다시 태성 쪽의 하나가 바닥으로 나뒹굴고 있다.

벌써 세 명째다.

체크무늬 두 사내의 몸놀림은 번개처럼 빠르고 유연하다.

평생 적지 않은 싸움의 고수들을 보아온 나인태 회장의 눈에도 대단한 실력이었다.

다시 그때, 태성 쪽의 덩치들이 일제히 새파랗게 날이 선 회칼을 꺼내 들었다. 그러고는 곧장 두 패로 나뉘어, 한쪽의 넷은 체크무늬의 두 사내를 몰아붙이고, 다른 쪽의 셋은 곧장 그 밤색 재킷의 애송이와 여자를 향해 쇄도해 간다.

'저놈들… 처음부터 담글 작정을 하고 온 것이로구나!'

나 회장은 직감할 수 있었다.

그런 와중에 상황은 다시 급변하고 있다.

태성 쪽 덩치들이 회칼을 휘두르며 덤벼들자, 체크무늬의 두 사내도 감히 함부로 맞서지 못하고 주춤주춤 뒤로 물러난다.

그렇게 체크무늬들이 붙잡혀 있을 때 태성 쪽의 다른 셋이 곧장 밤색의 재킷을 덮친다.

나인태 회장은 문득 묘한 의문을 느낀다. 칼 든 자들이 셋이나 덮치고 있는데도 밤색의 재킷이 그다지 겁을 먹거나 당황한 기색은 아닌 것 같았다.

'숫제 얼어버린 걸까?'

그러나 그건 또 아닌 것 같다. 밤색 재킷은 차라리 태연한 듯이 보였다.

'그렇다면… 혹시?'

나인태 회장은 그런 기대(?)마저 불쑥 생기는 것이었다.

그는 새삼스레 밤색 재킷을 살핀다.

그러나 그의 꽤나 숙련된 안목으로도 밤색의 재킷은 역시나 그저 평범한 애송이일 뿐이다. 적어도 고수의 풍모는 결코 느껴지지 않는다.

그러나 나인태 회장은 금세 의문을 해소할 수 있었다.

애송이의 곁에 있는 미끈 늘씬한 여인이 바로 그 해답이다.

여인은 지금 놀라운 모습을 선보이고 있다. 무릎 위에서 찰랑거리는 치마, 그 속에서 아찔한 속살의 허벅지가 튀어나오는 순간, 여인의 늘씬한 다리가 눈부신 궤적을 그리며 한 놈의 턱을 휘돌아 찬다. 강력한 하이킥에 턱을 강타당한 놈은 마치 밑둥치를 꺾인 고목처럼 옆으로 무너진다.

여인은 연속 동작을 이어간다. 그 자리에 푹 주저앉듯이 바닥으로 내려앉은 여인의 몸이 팽이처럼 회전하며, 다른 한 놈의 하체를 그대로 휘감아 찬다. 공중으로 붕 떠버린 놈은 이내 추락하며 온몸으로 바닥과 충돌한다.

"그랬었구나!"

나인태 회장은 뒤늦은 탄성을 발했다.

단순히 과시용을 겸한 수행 비서쯤으로 여겼더니, 여인은 놀라운 실력을 지닌 경호원이었던 것이다.

자신은 그런 미녀 수행 비서 겸 경호원을 가지지 못했다는 점에서 나인태 회장은 언뜻 부럽다는 생각마저 든다.

그러나 그런 감탄과 부러움에 잠깐 집중이 흐트러지는 바람에, 밤색 재킷의 애송이를 덮치던 태성 쪽의 셋 중 나머지 하나가 괜스레 저 혼자서 풀썩 쓰러졌다는 데 대해 나인태 회장은 별다른 의문을 갖지 못했다.

대신 그의 머리는 다른 쪽으로 바쁘게 돌아간다.

'저 애송이의 정체가 과연 뭘까? 경호원들의 실력을 보나, 특히 저런 능력의 미녀 수행원을 데리고 다니는 것만으로도 결코 평범하지는 않아 보이는데, 태성과는 무슨 일로 엮인 걸까? 그쪽에서 처음부터 담글 작정까지 한 걸 보면, 단단히 척을 졌다는 얘긴데! 어쨌든 분명한 건 최소한 우리와는 적이 될 이유가 없다는 것?'

강이권입니다!

열 명이나 되는 덩치는 절뚝거리며, 또 서로에게 의지하며 황망히 1층으로 사라졌다.

밤색 재킷의 애송이—사실 그 애송이는 이미 벌써부터 애송이의 느낌이 아니었지만, 나인태 회장은 잠시간 더 애송이라는 지칭을 고수하기로 했다—와 그 일행은 덩치들을 굳이 막지 않았을 뿐더러, 이미 관심 밖이라는 듯이 눈길도 주지 않았다.

나인태 회장은 천천히 룸을 나섰다.

황지성이 재빨리 그의 곁으로 따라붙었고, 다시 임원들이 뒤를 따라나섰다.

애송이의 두 남자 경호원들 중 체격이 좀 더 우람한 쪽이 성큼 앞으로 맞아 나오며, 나인태 회장의 앞으로 가로막아 선다.

그러자 나인태 회장이 뭐라고 하기도 전에 황지성이 선뜻 앞으로 나서며 상대의 경호원과 마주 선다. 그러고 나서야 황지성은 힐끗 고개를 돌려 나인태 회장을 본다.

나인태 회장은 가볍게 한숨을 내쉬었다. 그러나 황지성을 책망하는 의미는 아니다. 방금 같은 경우 황지성의 대응은 경호원으로서 반사적으로 행해져야 하는 것이니 말이다. 나인태 회장은 다시 희미한 미소를 머금었다.

황지성은 나인태 회장의 입가로 스쳐 지나간 미소를 확인
하고서 온전히 상대와 마주한다.

상대와 시선이 마주치는 순간, 황지성은 크게 한 걸음 나아
가며 상대의 가슴을 향해 주먹을 쳐낸다. 빠르지 않은 움직임
이고, 전력을 싣지도 않았다.

상대도 그의 뜻을 알아챘다는 듯 또한 부드러운 움직임으
로 다가서며 마주 주먹을 쳐낸다.

그렇게 약속 대련이라도 하듯 한 번의 가벼운 공방을 주고
받은 황지성과 상대는 곧장 뒤로 물러서서 묵묵히 서로를 바
라보고 선다.

그런 두 사람에게서 폭발적으로 긴장이 고조되고 있다는
느낌을 받은 나인태 회장은 새삼 흥분을 느낀다. 그가 알고
있는 한, 일대일로 황지성을 능가할 싸움꾼은 드물었다. 말 그
대로 고수인 것이다.

그리고 그런 황지성이라면 방금의 가벼운 공방만으로도 상
대의 실력을 충분히 파악했을 것인데, 지금 황지성에게서 느
껴지는 긴장은, 그가 상대에 대해 어떤 평가를 내리고 있는지
를 여실히 짐작해 볼 수 있게 만드는 데가 있다.

그러나 나인태 회장은 애써 흥분을 눌렀다. 이 정도까지가
적당했다.

"그만!"

나인태 회장의 목소리는 나직했다.

그러나 황지성은 즉시 뒤로 물러났다. 그리고 나인태 회장의 한 발 뒤로 선다.

"누가 함부로 무례를 범하라고 하던가? 어서 사과드리게!"

나인태 회장이 무게 실린 목소리로 다시 말했다.

황지성은 조금의 망설임도 없이 앞을 향해 허리를 숙인다. 무표정한 얼굴이다.

상대의 경호원은 잠깐 어정쩡한 기색이더니 힐끗 뒤를 돌아본다.

밤색 재킷의 애송이가 까딱 고개를 끄덕인다.

그제야 경호원은 천천히 뒤로 물러선다.

나인태 회장은 담담히 미소를 떠올린다. 세진그룹 회장으로서의 접객용 미소다.

"나인태요!"

그렇게 스스로를 소개하며 나인태 회장은 애송이가 어느 정도는 태도를 바꿀 줄 알았다. 심심찮게 매스컴을 타기도 한 나인태라는 이름의 지명도만으로도!

그러나 애송이의 반응은 흘깃 한번 쳐다보는 게 다였다. '그래서 어쩌라고?' 하는 듯이!

"세진그룹 나인태 회장님이십니다!"

염기준 전무가 눈치 빠르게 나섰다.

나인태 회장은 설핏 멋쩍었다. 그러나 염기준 전무의 말이 충분히 보충 설명이 될 것이다.

"아! 그러세요?"

밤색 재킷의 애송이가 반응을 보였다. 그러나 애송이가 눈가에 희미하게 떠올리고 있는 웃음기는 여전히 나인태 회장의 마음에 들지 않았다. 뭔지 모르게 좀 삐딱한 느낌이랄까?

그런 데서 나인태 회장은 난감해졌다. 저런 느낌으로 자신을 대하는 누군가를 본다는 게 그에게는 참으로 낯설고 어색했다. 더욱이 새파랗게 젊은 놈이 말이다.

그러나 한편으로 애송이에 대한 흥미가 더욱 커지기도 한다.

"이곳은 우리 그룹에서도 지분을 가지고 있는 업소이니, 좀 전에 벌어진 소란에 대해 점주를 대신해 우선 심심한 사과를 드리는 바이오!"

나인태 회장이 사뭇 정중하게 말했다.

그러나 밤색 재킷의 애송이는 멀뚱하게 쳐다보고만 서 있었다.

나인태 회장이 저절로 이마가 찌푸려지려는 것을 애써 참는다. 기왕에 시작을 한 일인 것이다.

나인태 회장은 명함 한 장을 꺼내 애송이에게 건넨다. 그리고 다시 한 번 자신을 소개한다.

"나인태요!"

밤색 재킷의 애송이가 명함을 받는다. 그러나 썩 내키지는 않는다는 듯 받는 느낌이 좀 있었다. 그리고 애송이는 또한 건성이라는 느낌을 풍기며, 제 주머니 안에서도 명함 한 장을 꺼내 나인태 회장에게 건넨다.

"강이권입니다!"

[PAR투자운용사 대표 강이권]

별로 멋을 내지도 않고, 그저 평범한 디자인의 명함에는 그렇게 한 줄이 간단하게 들어가 있었다.

'PAR투자운용사……?'

되새겨 보는 순간, 나인태 회장은 무릎이라도 치고 싶은 심정이었다.

지금까지 벌어졌던 일련의 상황들의 앞뒤가 일시에 꿰맞춰지는 것 같지 않은가?

워낙 미인이라서 미 씨인가?

"회장님! 오랜만에 찾아주셨는데, 정말 죄송합니다!"

스시궁의 점주가 직원 대여섯을 대동하고 2층으로 올라온 것은, 그 한 판의 소란이 끝나고 한참이나 지난 뒤였다.

"괜한 수선 떨 것 없네! 그리고 나한테 죄송할 것이 아니라, 여기 강 대표에게 죄송해야지!"

나인태 회장이 무덤덤한 말로 점주에게 면박을 준다. 그리고 다시 강이권에게로 시선을 주며 아직까지 미처 물어보지 못하고 있던 말을 꺼낸다.

"그런데 강 대표! 좀 전의 그 소란 말이오. 도대체 어찌 된 사정인지 물어봐도 되겠소?"

나인태 회장으로서는 강이권이 초면에 대뜸 대답해 줄 것이라고 기대하지는 않고 던져본 말이었다.

그런데 강이권은 두어 번 머리부터 흔들더니 간단히 말을 받는다.

"저도 모르겠습니다. 그자들이 누구인지! 왜 저를 노린 것인지!"

"허⋯⋯!"

나인태 회장이 나직한 탄식을 뱉었다. 강이권은 정말로 모르는 눈치로 보인다. 이제는 제삼자인 그도 능히 짐작하게 된 사실을 말이다. 그렇더라도 나인태 회장은 잠깐 이마를 찌푸리고 나서 다시 무거운 투로 말을 꺼낸다.

"강 대표에 그럴 만한 까닭이 없다면, 혹시 그자들은 나를 노리고 왔다가 착오로 강 대표를 공격한 것인지도 모르겠소."

강이권이 의아해하는 것을 보면서 나인태 회장은 좀 더 확정적으로 상황을 규정한다.

"만약 나 때문이었다면, 덕분에 큰 위기를 모면했으니 강 대표에게 큰 은혜를 입은 셈이오! 강 대표가 엉뚱한 곤욕을 치른 것은 정말 미안하지만 말이오!"

강이권은 사뭇 어색하다는 표정이다. 그가 무덤덤하게 받는다.

"사실이 그렇다고 하더라도, 어쨌든 제가 의도하지는 않았던 일이라 그런 말씀을 듣기는 쑥스럽습니다. 그런데 그자들이 회장님을 노렸다면 무슨 일로……?"

나인태 회장은 슬며시 지어지려는 웃음을 애써 누른다. 시종 무관심한 듯 일관하던 강이권이 처음으로 꺼낸 질문이었다.

"그게… 허허! 좀 그렇소! 다른 사람에게 함부로 말할 수 없는 사정이라……."

나인태 회장은 얼버무리며 슬쩍 화제를 돌린다.

"어쨌든 오늘 강 대표는 내 목숨을 구한 것이나 마찬가지인데, 이거… 내가 어떻게 사례를 해야 좋을지 모르겠소!"

"아, 아닙니다, 그러실 것 없습니다."

강이권이 얼른 손을 내젓는다.

그러나 나인태 회장은 진득하게 밀어붙인다.

"아니요! 이렇게 큰 신세를 지고도 그냥 넘어간다면 내가 너무 염치가 없는 사람이 되지 않겠소?"

"전 정말로 괜찮습니다."

"흠… 정 그러시다면 약소하게나마 술이라도 한잔 대접할 수 있도록 해주시오! 그 정도마저 안 된다고 하면 내 성의를 너무 무시하는 것이 될 테니, 그저 한두 시간쯤만 짬을 좀 내주시오!"

그런 뒤 나인태 회장은 강이권이 뭐라고 말할 틈을 주지 않고 곧장 스시궁의 점주를 닦달한다.

"자넨 뭘 하고 서 있나? 내 얘기를 들었으면 얼른 자리를 준비하지 않고?"

스시궁 점주가 얼른 허리를 숙인다.

"바로 준비하겠습니다, 회장님!"

나인태 회장은 염기준 전무와 임원들을 먼저 돌려보내고, 황지성과 경호원들도 1층에서 대기하도록 했다.

강이권과 단둘만의 자리를 갖고자 함이었다.

그런데 그쯤 했으면 당연히 저쪽에서도 경호원들을 물릴 줄 알았는데 강이권은 자신의 수행원들을 아예 룸 안으로 들이는 것이었다. 달리 양해를 구하지도 않고서 말이다.

다만 강이권의 경호원들은 나인태 회장과 강이권이 마주 앉은 자리에서 조금 떨어져 자리를 잡았다. 배석자로서의 모습이었다.

'역시 애송이에다 철부지?'

나인태 회장은 언뜻 그런 생각까지 해보았다.

뭐랄까? 집안의 재산이 주체할 수 없이 많아서 늘 주위에 사람들을 거느리고 다니는 탓에, 막상 주변 사람들의 시중이 없으면 혼자서는 할 줄 아는 게 아무것도 없는 부잣집 철부지 도련님 같은 느낌이랄까?

"저쪽부터 강 실장, 한 실장, 그리고 이쪽은 미 실장입니다."

조금 머쓱했던 모양인지 강이권이 자신의 경호원들을 소개했다.

나인태 회장이 듣기에 직급들이 꽤나 거창하다 싶었다. 특히 '미 실장'에 대해서는.

'미 씨도 있었나?'

싶기도 하다가 다시,

'워낙 미인이라서 미 씨인가?'

하는 생각에 피식 웃음이 나기도 했다.

어쨌거나 미 실장은 잘 절제된 모습을 한 꺼풀만 벗겨낸다면 참으로 도도하면서도 요염한 자태를 불쑥 드러낼 듯했다. 딱 나인태 회장 자신이 좋아하는 스타일이었다.

'꿀꺽!'

저도 모르게 넘어가는 침에 괜히 계면쩍어진 나인태 회장은 술잔을 들었다.

"자! 우선 한잔씩 합시다!"

어떻게 된 일인가 하면

유니타운즈 호텔의 경매 입찰을 낚아챈 건 당연히 철민의 팀이었다.

1,100억이라는 어마어마한 돈은, 물론 철민의 계좌로부터 나온 것이고!

사실 어마어마할 것까진 없었다.

그의 계좌에서 지출된 건 맞지만, 그 정도의 돈을 쓴다는 실감이라든지, 혹은 더 근원적으로 그것이 그의 돈이라는 실감은 거의 없었으니까!

하긴, 더욱 실감이 나지 않는 이유는 그렇게 어마어마한 돈을 지출하고도 그의 계좌는 크게 줄어든 표도 나지 않는다는 것이리라.

경매 낙찰 이후 태성 쪽에서 눈에 불을 켜고 뒤를 캐기 시작한 건 당연한 수순이었다.

철민 쪽에서는 PAR투자운용사의 존재를 조금씩 흘리다가, 결정적으로 오늘 스시궁에서 저녁 식사를 한다는 사실을 노출시켰다.

'우리가 여기 있으니 와서 어떻게 해봐라!'

그렇게 슬쩍 유도를 한 셈이었다.

세진그룹 나인태 회장 일행의 회식과 겹친 것 역시도 철저히 의도적이었다.

그 날짜와 시간까지 알아낸 걸 보면, 박윤호 팀장은 세진그룹 비서실 계통 쪽으로도 숨겨진 '빨대'가 있는 모양이었다.

원래는 강혁수와 한상운, 그리고 박윤호 팀장 쪽에서 두세 명의 요원을 추가로 투입해 태성 쪽의 무리를 일단 제압한 후, 대기하고 있던 철민이 적절한 시점에 나서서 세진의 나인태 회장과 조우한다는 시나리오였다.

그러나 철민이 어차피 이런 길을 선택한 이상 언제까지 뒤에서 보호받고 짐이나 되는 처지가 되기보다는 직접 몸으로 부딪쳐 보겠다고 자진해서 나섰다.

당연히 모두가 말렸다. 실제 상황에서 어떤 일이 벌어질지 모르니 위험천만할 뿐더러, 자칫 방해만 되어 일이 예측치 못한 방향으로 틀어져 버릴 수도 있다고!

그러나 철민은 아주 쇠고집으로 주장을 꺾지 않았다.

결국은 박윤호 팀장이 결정을 내렸다. 대신 미후도 함께 투입하는 것으로 하자고! 미후의 능력을 믿고 내린 결정일 터였다.

사업이란 게 원래 그런 거요!

분위기가 적당히 무르익고 있다. 술 몇 잔에 취기가 오르기 시작하는지, 강이권은 슬슬 자신의 얘기를 풀어내고 있었다. 덕분에 나인태 회장은 한결 용이하게, 좀 더 구체적으로 상대를 평가해 볼 수 있었다.

강이권은 지금껏 알려지지 않은 게 이상할 정도로 막대한 현금 자산을 보유한 큰손이었다. 그리고 이제 막 관련 업계에 진출하는 입장에서, 나름의 제법 원대한(?) 포부를 슬쩍슬쩍 드러내기도 하고 있었다.

나인태 회장은 대체적으로 흡족했다.

물론 어느 정도의 허세가 섞여 있긴 할 것이나, 유니타운즈 호텔 경매에서 만만치 않은 거액을 단번에 동원하는 능력을 보인 것만으로도, 강이권에 대해서는 충분히 평가를 해줄 만

했다.

무엇보다 강이권의 젊은 패기—혹은 만용이라고 할 수도 있겠지만—와 더하여 그가 지금까지 느낀 흥미만으로도 이 젊은 친구와 교류를 맺을 가치는 충분했다.

특히—강이권은 여전히 모르는 눈치지만—그가 태성 쪽과 이미 악연을 맺은 상태인 이상에는!

조금 전 전화를 받느라 밖으로 나갔던 한 실장이 돌아오더니 강이권의 눈치를 살폈다. 무슨 긴급한 용무라도 생긴 듯 보인다.

"왜요?"

강이권이 흘깃 돌아보며 물었다.

"급하게 결정을 하셔야 할 것 같아서……"

"그러니까 뭔데요?"

한 실장이 설핏 자신을 살피는 기색이었기에 나인태 회장은 짐짓 딴청을 피우는 체를 했다.

그러자 한 실장이 강이권에게 가까이 붙으며 귀엣말로 건넨다.

"J프로젝트 건입니다. 저쪽에서 매각 의사를 밝혔답니다."

"아, 그래요?"

"그런데 가격이 좀……"

"얼마나 부른답니까?"

"오천을 일시불로 요구한답니다. 시세 대비 두 배에 가깝습니다."

"후훗! 배짱을 부려보겠다는 거로군요?"

"저쪽은 지금 자금 압박을 심하게 받고 있는 중입니다. 그러니 우리가 굳이 서두를 이유는 없을 것 같습니다. 느긋하게 기다리면……"

"기다리면? 얼마나 더 깎겠어요? 500? 1,000? 쩝~! 성가시군요. 구차하게 굴 것 없이 그냥 달라는 대로 주고 깔끔하게 마무리하세요!"

그리고 강이권은 한 실장에게서 고개를 돌리며 술잔을 든다. 그 건에 대해 더는 말하지 말라는 것이리라.

한 실장이 한 번 더 만류하고픈 기색이 역력해 보여 나인태 회장은 그가 단순히 경호원 역할만 하는 건 아니라는 사실을 보다 확연하게 알 수 있었다.

그러나 강이권의 단호한 옆모습에서 한 실장은 결국 포기한 것 같았다. 가만히 고개를 숙이고 자신의 자리로 돌아간 한 실장이 휴대폰으로 나직하게 짧은 통화를 한다.

"대표님께서 결정하셨습니다. 그대로 처리하세요!"

나인태 회장은 강이권과 한 실장의 대화 내용 전체를 비교적 또렷하게 들을 수 있었다. 귀엣말이었지만 룸 안이 워낙 조용해서 충분히 들을 만한 데다, 더욱이 강이권은 거리낄 것이 없다는 듯 보통의 톤으로 말을 했으니 말이다.

그런데 5,000이니, 500이니, 1,000이니 하는 숫자들은 나인태 회장을 사뭇 혼란스럽게 만들었다.

그 숫자들에 '만' 단위를 붙이자니 무슨 구멍가게 전세금에나 어울릴 법하다.

대화의 내용과 어색하지 않게, 그 숫자들 다음에 붙여볼 법한 단위는 아마도 '억'일 것이다.

그런데 그도 대그룹을 운영하는 입장이지만 5,000억 원이란 돈을 일시불로 지급하는 거래를, 더욱이 500억 원 내지 1,000억 원을 단지 구차하다는 이유로 간단히 무시해 버릴 수는 없었다.

'젊은 패기라는 건가, 아니면 치기인가?'

나인태 회장은 그렇게 스스로의 혼란을 일단 매듭지었다.

"회장님! 건배 한번 하시죠!"

강이권이 술잔을 들어 보이고 있었다.

"그럽시다!"

나인태 회장이 싱겁게 웃으며 마주 술잔을 들어 응한다. 그리고 슬쩍 관심을 보인다.

"그런데 본의 아니게 방금 얘기를 듣자 하니, 무슨 큰 거래를 하시는 모양이던데… 금액이 5,000억이면 간단한 물건은 아닐 테고, 혹시 어디 기업체라도 인수하시오?"

그러고는 나인태 회장은 다시,

"허허허!"

하는 웃음으로 슬쩍 말머리를 흐리며 덧붙인다.

"이거… 괜한 걸 묻는 것 같소만, 나도 기업을 운영하는 입장이다 보니 아무래도 관심이 가지 않을 수 없어서 말이오."

강이권이 가볍게 실소를 떠올리며 받는다.

"아, 예! 뭐, 별것 아닙니다. 지인이 유망한 기업체가 하나 매물로 나왔다고 적극적으로 추천하기에, 자금을 놀려놓고 있기도 뭐해서 그냥 가볍게 투자 개념으로 인수해 두려는 겁니다."

나인태 회장은 잠시 추슬러 놓았던 혼란이, 아니, 흥미가 다시금 확 치솟는 것만 같았다.

"자! 제 술 한 잔 받으시죠!"

강이권이 다시 잔을 권한다.

그 잔을 받으며 나인태 회장은 짐짓 농담인 척 빙그레 웃으며 말을 꺼낸다.

"강 대표! 운용하는 자금의 규모가 상당한 것 같은데, 혹시 여유 자금이 더 있으면 나한테도 한번 투자해 볼 생각은 없소?"

강이권이 잠시간 시선을 마주치더니 문득 싱긋 웃으며 받는다.

"회장님 같은 분께 갑자기 그런 제의를 받으니, 이거 좀 얼떨떨한데요?"

강이권의 그 말투와 표정에서는 약간의 여유가 묻어났다.

"사업이란 게 원래 그런 거요! 때로는 전혀 생각지도 않던 상황이 다가오기도 하고 말이오!"

나인태 회장이 가만히 웃으며, 그러나 진지한 투로 받았다.

강이권이 힐끗 한 실장 쪽으로 시선을 준다.

그러나 한 실장은 묵묵히 표정을 굳히고만 있다. 아마도 경계의 의미이리라.

강이권이 가볍게 이마를 찡그린다. 그러나 그는 다시 싱긋 웃는 얼굴로 자못 호기롭게 말을 꺼낸다.

"좋습니다. 저도 어차피 사업을 시작한 마당이니, 투자 성과만 보장된다면 어떤 투자라도 마다할 이유는 없겠지요."

나인태 회장은 강이권을 향해 엄지손가락을 추켜세우며,

"강 대표가 보통 그릇이 아닌 줄은 내 첫눈에 알아보았지만, 역시 시원시원하군!"

하고 치사하고 나서 흔쾌히 잔을 치켜든다.

"오케이! 딜! 그럼 이제부터 우리는 사업 파트너가 된 거요? 자! 우리의 성공을 위하여 건배!"

강이권이 역시 잔을 치켜들며 건배에 응한다.

"회장님께서 이렇게 챙겨주시니 감사할 뿐입니다. 우리의 성공을 위하여 건배!"

제16장
현장 인력

저 중에서 뭐 욕심나는 사업 없소?

　세진 특수사업부장 염기준 전무로부터 PAR투자운용사 대
표 전화로 연락이 온 것은, 스시궁에서의 만남이 있은 후 2주
쯤이 지났을 무렵이었다.

　나인태 회장과 강이권 대표 간에 의논된 투자 건에 대해 실
질적인 진전을 위한 실무 미팅을 가졌으면 한다는 내용이었다.

　그리고 PAR투자운용사의 책임 있는 실무자가 미팅에 참석
해 달라는 요청이 있었다.

미팅에는 한상운이 참석하기로 했다.

"본론부터 말씀드리겠소. 우선은 3,000억 정도를 투자 받았으면 하는데… 가능하겠습니까?"

염기준 전무가 대뜸 본론으로 들어갔다.

한상운이 차분하게 받는다.

"투자 조건만 맞춰주시면 그 이상도 가능합니다."

염기준 전무가 놀람을 추스르며 묻는다.

"투자 조건이라면……?"

"저도 단적으로 말씀드리겠습니다. 저희는 기껏 은행 금리 정도나 챙기는 투자는 원하지 않습니다. 저희가 나름으로 알아본 결과, 세진의 주력 사업 중 외부로는 알려지지 않은 비공식적인 분야가 있으며, 그 분야에서 다루어지는 사업들이 고위험 고수익 형태라는 걸 알게 되었습니다. 저희들은 그쪽 분야에 관심이 있습니다."

한상운이 말을 끊고, 슬쩍 염기준 전무를 살핀다.

설핏 묘하던 염기준 전무의 표정이 다시 원래대로 돌아가고 있다.

한상운이 짐짓 숨을 가다듬고 나서 다시 말을 잇는다.

"저희는 그쪽 분야를 단순히 자금을 투자하는 데 그치지 않고, 일정 부분에 직접 참여해 추진 성과에 따라 수익을 배분받기를 원합니다. 그날 나 회장님께서 사업 파트너로 함께

일하자고 직접 말씀도 하셨지만, 저희 쪽에서는 회장님의 호의를 그런 취지로 이해하고 있습니다. 그런데 만약 저희의 이해에 착오나 오해가 있는 것이라면, 저희로서는 굳이 이 투자건을 진행할 이유가 없다는 생각입니다."

염기준 전무의 표정에 설핏 당황이 스친다. 이어 그는 짐짓 애매하다는 기색으로 말을 꺼낸다.

"외부로는 알려지지 않은 비공식적인 분야라고 말씀을 하셨는데… 구체적으로 어떤 분야를 말씀하시는지 퍼뜩 떠오르지를 않는군요!"

한상운이 희미하게 웃음기를 떠올리며 차분하게 받는다.

"그쪽 분야에서 태성과의 마찰 때문에, 지금 세진이 상당히 어려운 상황에 봉착해 있다는 것도 파악하고 있습니다. 아, 태성 쪽에서는 프로젝트사업부라는 조직을 별도로 두고, 그 분야의 사업들을 총괄하고 있더군요."

염기준 전무의 얼굴이 설핏 굳어진다. 그리고 잠시 숙고한 끝에야 그는 이윽고 무겁게 고개를 끄덕이며 입을 연다.

"일단 무슨 말씀인지는 충분히 이해했소. 음… 아무래도 우리 내부적으로 추가적인 논의가 좀 필요할 듯해서 그러니, 하루 이틀 정도 여유를 좀 가진 다음에 다시 미팅을 가지도록 합시다. 연락드리도록 하겠소!"

한상운이 간단히 받는다.

"알겠습니다. 그럼 좋은 소식 기다리겠습니다."

며칠 뒤.

세진그룹 본사 빌딩 17층 VIP 접견실에 세진의 나인태 회장과 염기준 전무, 그리고 PAR투자운용사의 강이권 대표와 한상운 실장이 마주 앉았다.

"하하하! 이거 강 대표가 우리 특수사업 쪽으로 흥미를 가지고 계신 줄은 몰랐소!"

나인태 회장이 가볍게 웃으며 말문을 열었다.

강이권이 또한 담담히 웃으며 받는다.

"예! 아는 사람들 몇몇에게 얘기를 들어보니, 그쪽 사업이 꽤나 재미있다고들 하더군요. 그래서 경험도 쌓을 겸해서 한 번 참여해 보는 것도 괜찮겠다는 생각을 해봤습니다. 물론 회장님께서 기회를 주셔야 가능한 일이지만 말입니다."

"좋지, 좋아! 강 대표의 그 패기가 부럽소! 그리고 보면 역시 사업은 젊을 때 시작하는 게 맞는 것 같아!"

"좋게 봐주셔서 감사합니다!"

"보아하니 이미 조사를 꽤 하신 모양인데, 그쪽 사업이 우리 세진과 태성으로 사실상 양분화되어 있다는 것도 알고 있고?"

"물론입니다. 그러니만큼 더욱이 회장님의 배려 없이는, 감히 엄두를 내지 못할 일이란 것도 잘 알고 있습니다."

그리고 강이권은 나직이 소리 내어 웃으며 덧붙인다.

"하하하! 저야 뭐… 회장님께서 사업적 파트너 관계라고 해주신 말씀만 믿고 있는 중입니다. 회장님께서 제 편이면, 최악의 경우라고 하더라도 태성 쪽만 감수하면 되는 것 아니겠습니까?"

시종 웃는 얼굴로 듣고 있던 나인태 회장이 이윽고 한바탕 웃음을 터뜨리며 흔쾌히 말을 받는다.

"하하하하! 얘기가 그렇게 되는 건가?"

"기왕 얘기가 나왔으니, 내 솔직하게 말하겠소."

서두를 떼는 나인태 회장은 웃음기를 지우고 있었다.

"아마 강 대표도 이미 알고 있겠지만, 사실 우리 세진이나 태성이나 처음은 다 거친 밑바닥에서부터 시작을 했소. 그러다 보니 제법 번듯한 외양을 갖춘 지금까지도 이런저런 연으로 그쪽 바닥과 관련된 사업체들을 다수 거느리고 있는 처지요. 주로는 유흥업과 사행 사업 쪽인데, 소위 말하는 음지 사업들이다 보니, 그래도 20대 그룹 안에 든다는 우리나 태성이나 드러내 놓고 운영할 수는 없어서, 비공식적으로 원거리 관리를 하고 있는 형편이오."

나인태 회장이 말을 끊더니, 잠시 강이권과 시선을 마주하고 있다가 다시 잇는다.

"그런 음지 사업을 왜 진즉에 과감하게 정리를 하지 못하고 있느냐는 질문을 심심찮게 받고 있소. 허허허! 단도직입적으로 말해서, 그것들로부터 나오는 막대한 수익 때문이오. 직접적인 매출에서 나오는 수익도 수익이지만, 그쪽 바닥의 특성상 대규모의 매출과 수익을 비교적 용이하게 은닉할 수 있고, 그럼으로써 세무 당국의 추적으로부터도 자유로우니 사람들의 말마따나 황금알을 낳는 거위라고 해도 크게 과장된 얘기는 아닐 것이오. 뭐, 기왕 얘기가 나온 김에 좀 더 까놓고 말하자면, 우리나 태성이 창출하는 실질적인 수익의 상당 부분이 그쪽 사업들로부터 나오고 있소."

"음……!"

강이권이 나직한 탄성을 흘렸다.

나인태 회장이 싱긋 웃으며 정색을 풀고 묻는다.

"혹시나 해서 현황 자료를 준비시켰는데, 한번 보시겠소?"

"예! 물론입니다!"

나인태 회장이 옆자리의 염기준 전무를 돌아보며 가볍게 고개를 끄덕인다.

염기준 전무가 10여 개의 사업에 대해 브리핑을 했다. 사업 형태와 주요 업황, 매출과 수익 구조를 분석한 내용들이다.

"강 대표, 어떻소? 저 중에서 뭐 욕심나는 사업 없소?"

브리핑이 끝나고 스크린에 비친 현황 요약표를 보며 나인태 회장이 물었다.

사뭇 노골적인 그 물음에 대해 강이권은 짐짓 계면쩍다는 듯 가벼운 웃음으로 받는다.

나인태 회장이 불쑥 덧붙인다.

"사실 저것들은 우리 세진에서 운영하고 있는 사업이 아니라, 태성에서 운영하고 있는 주요 사업들이오!"

강이권의 미간이 설핏 좁아진다.

그러나 강이권이 더 이상의 어떤 반응을 보이기 전에, 나인태 회장이 눈빛에 힘을 실으며 다시 말을 잇는다.

"강 대표! 내가 어릴 때 애들 놀이 중에 땅따먹기라고 있었소. 평평한 땅바닥에다 마음 내키는 대로 원이나 세모, 혹은 네모꼴로 적당히 쓱쓱 선을 그어요. 그럼 그게 하나의 세계가 되는 셈이지. 그리고 놀이에 참여한 애들은 각자 한구석에다 같은 크기로 자그마하게 자기 땅을 표시하지. 규칙은 간단해요. 자그마한 돌 같은 걸 손끝으로 튕겨서 세 번 만에 자기 땅으로 돌아오기만 하면 되는 거요. 그러면 그 돌이 나갔다가 돌아오면서 그린 궤적이 자기 땅으로 되는 거고! 그런데 처음엔 임자가 없는 땅 위주로 각자 차지를 하겠지만, 시간이 지날수록 어떻게 되겠소? 임자 없는 땅이 점점 없어지는 거지. 그런데 여기서 땅따먹기 놀이의 묘미가 있어요. 임자가 있는 땅이건 아니건, 나갔다가 세 번 만에 무사히 돌아오기만 하면 무조건 자기 땅이 되는 거지."

나인태 회장이 말을 멈추고, 잠시 빙그레 미소를 띠고 있다가 다시 말을 잇는다.

"이쪽 사업들이란 게 마치 땅따먹기와 같소. 그런데 이쪽 바닥에는 이미 임자 없는 땅이 없소. 자! 그럼에도 새롭게 땅을 가지고 싶다면 어떻게 해야 하겠소?"

나인태 회장은 물음을 던져놓고 다시 잠시간의 틈을 두고 천천히 말을 이어나간다.

"임자 있는 땅을, 남의 땅을 뺏는 수밖에 없소! 후훗! 강 대표가 이미 말하지 않았소? 내가 강 대표의 편인 이상, 태성 쪽만 감수하면 되는 것 아니냐고! 그렇소! 강 대표가 기왕 이쪽 바닥에 진입을 하고자 한다면, 우리 세진 쪽의 땅에 세 들어 살기보다는, 태성 쪽의 땅을 뺏어 온전한 강 대표의 땅으로 만들어보라는 거요. 기왕 할 거면, 젊은이다운 패기로 화끈하게 제대로 한번 해보라는 거요."

말을 마친 나인태 회장의 얼굴에서는 뜨거운 열기가 떠도는 듯하다.

전염이라도 된 듯 강이권의 얼굴에서도 약간의 열기가 비친다.

"대표님!"

한상운이 나직이 강이권을 불렀다. 마치 강이권을 일깨우는 듯하다.

강이권이 퍼뜩 흥분을 추스르는 듯 자세를 고쳐 앉는다. 그리고 나직이 한숨을 내쉬고는 나인태 회장을 향해 말한다.

"물론 의욕이야 있습니다만… 그런 게 어디 의욕이나 패기만 가지고 되는 일이겠습니까? 솔직히 자신 없습니다!"

나인태 회장이 가만히 웃으며 말을 받는다.

"강 대표가 가진 게 어찌 의욕과 패기뿐이겠소? 무엇보다 막강한 자금 동원력이 있지 않소? 이 바닥에서 가장 강력한 힘을 발휘하는 건 뭐니 뭐니 해도 역시 자금력이오. 거기에다 도전을 두려워하지 않는 패기가 더해지면 못 해낼 일이 뭐가 있겠소?"

강이권이 힐끗 한 실장을 돌아본다. 한상운이 가만히 고개를 가로젓는다.

강이권의 얼굴이 설핏 찌푸려진다. 그러나 그는 애써 다시 표정을 펴고는 담담한 투로 말을 꺼낸다.

"회장님께서 적극적으로 지원해 주신다면 한번 용기를 내볼 수도 있겠습니다만……!"

나인태 회장이 흔쾌히 고개를 끄덕인다.

"물론이오! 강 대표와 난 이미 파트너가 아니요? 일단 강 대표가 일을 시작한다고 하면, 가능한 선에서 최대한 지원해 줄 용의가 있소!"

"감사합니다, 회장님!"

강이권이 고개를 숙여 보였다.

"저……!"

조심스럽게 말을 꺼내는 건 한 실장이었다.

나인태 회장이 한 실장의 차분한 눈빛을 보며 선뜻 고개를 끄덕인다.

"할 말이 있으면 해보시오, 한 실장!"

"감사합니다, 회장님!"

한 실장이 나인태 회장에게 묵례를 한다. 그리고 다시 강이권의 고개가 가볍게 끄덕여지는 걸 보고 나서 신중하게 말을 이어나간다.

"방금 회장님께서 가능한 선에서 최대한 지원해 줄 용의가 있다고 말씀하신 김에, 실무자로서 한 가지 건의를 드려도 되겠습니까?"

나인태 회장이 이마에 가는 주름을 잡으며 받는다.

"흠… 어디 들어봅시다!"

"일단 사업에 착수한다고 했을 때, 저희 입장에서 가장 미비한 부분은 결국 현장 인력일 거라고 생각합니다."

"현장 인력?"

"아무리 자금의 뒷받침이 있다고 해도, 사업의 특성상 사무실에 앉아서 서류 작업이나 해서 되는 일은 아니지 않겠습니까? 상황이 막힐 때 힘으로 밀어붙여서라도 막힌 곳을 뚫고 나갈 현장 인력이 반드시 필요하리라는 판단입니다. 물론 용역을 쓸 수도 있을 겁니다. 그러나 그쪽은 아무래도 여러 가지 제약이 많을 것 같습니다. 특히 일의 성패를 좌우할 긴박한 순간에, 명령 한마디에 무슨 일이라도 처리해 낼 수 있는, 확실히 믿을 수 있는 소수의 정예 인력이 반드시 필요합니다. 세진에는 그런 인력 자원들이 풍부한 것으로 알고 있습니다."

"그래서 요지가 뭐요? 우리 쪽에서 인력을 대달라는 것이오?"

나인태 회장이 이마의 주름을 한층 깊게 만들며 물었다.

한상운이 가볍게 고개를 가로저으며 차분하게 받는다.

"아닙니다. 그렇게까지 폐를 끼칠 수는 없습니다. 제가 건의드리고자 하는 건 믿을 수 있는 약간 명의 인력을 추천해 주십사, 하는 것입니다."

"허허! 이거야 원……!"

나 회장이 헛웃음을 뱉으며 짐짓 당혹스럽다는 표정을 지었다.

"그건 곤란합니다!"

강한 톤으로 이의를 제기하고 나선 이는 염기준 전무였다.

나인태 회장이 간단히 한 손을 들어서 일단 염기준 전무를 제지한다. 그리고 그가 제기하는 이의 내용을 들어보는 것에 대해 동의를 구한다는 듯 강이권 쪽으로 시선을 준다.

강이권은 마다할 수는 없는 노릇이라, 가볍게 고개를 끄덕여 준다.

나인태 회장이 다시 염기준 전무를 향해 고개를 끄덕여 보인다.

염기준 전무가 애써 담담한 투로 말을 잇는다.

"인력을 대주든, 추천을 해주든 결국은 우리 세진 쪽과 밀접하게 관계된 인력을 PAR투자운용에서 쓰겠다는 것인데, 그건 여러모로 지극히 민감한 문제들이 걸릴 수 있기 때문에 절대 쉽게 생각할 게 아닙니다."

"민감한 문제들이라면, 태성과의 갈등 상황을 우려하시는 겁니까?"

그 말은 한상운이 아닌 강이권에게서 나왔다.

염기준 전무가 바로 대답을 하려는 것을 나인태 회장이 고갯짓으로 제지한다. 그리고 그는 천천히 강이권에게로 시선을 주며 입을 연다.

"태성과의 문제에서, 내가, 아니 우리가 우려해야 할 것이 있다면 그것은 갈등 상황 정도가 아닐 것이오! 전쟁이오! 우리와 태성이 비록 치열한 경쟁 관계이긴 하지만, 그래도 일정 선

이상은 넘지 않는다는 서로 간의 묵계 같은 게 있소. 왜인지 아시오? 만약 전면적인 전쟁이 벌어지는 날에는 양쪽 모두가 공멸하고 만다는 사실을 서로가 분명하게 알고 있기 때문이오. 내 말 이해하겠소? 양쪽이 마음먹고 전력을 동원하면, 이 바닥 전체는 한순간에 거대한 피바람에 휘말리게 될 것이오. 그 결과 누가 살아남든 결국에는 사회 여론과 공권력에 의해 철저히 궤멸당하는 수순을 밟게 될 거란 얘기요!"

"무슨 말씀인지 대강은 이해할 것 같습니다. 그렇지만 회장님!"

강이권이 그 말에 나인태 회장은 가만히 시선을 맞추는 것으로 대답을 대신한다.

강이권이 잠시 숨을 고르고 난 다음 다시 말을 이어간다.

"제가 아직은 사업에 대해 아는 게 없지만, 분명히 알고 있는 진리가 하나 있습니다. High Risk, High Return! 위험이 클수록, 얻는 것도 많다! 큰 이득을 얻기 위해서는, 당연히 그만큼의 위험을 부담해야 하는 것 아니겠습니까? 물론 이미 정상에 서 계시는 회장님께서 훨씬 더 잘 아시겠지만 말입니다! 제가 이 일을 시작한다는 것은, 그만한 리스크를 감수한다는 각오가 되었다는 뜻입니다. 또한 제가 회장님과 이미 맺은 인연만으로도 회장님 역시도 어쨌든 그 리스크의 일정 부분을 감당할 수밖에 없는 입장이 되신 거라고 저는 생각을 하는데,

혹시 제가 잘못 생각하고 있는 겁니까?"

나인태 회장은 문득 묘한 느낌이 들었다.

강이권의 눈빛에서 전에 없던 힘이 보이고 있는 때문이다.

이제서 보이는 새로운 면모가 있었다.

이제 보니 제법 치밀하고도 당찬 면모가 엿보이지 않는가?

물론 강이권의 그런 새로운 면모 역시도 능력 탁월한 참모들로부터 비롯되었으리라는 짐작은 여전했다.

나인태 회장은 힐끗 염기준 전무에게로 시선을 준다. 그러나 염기준 전무는 묵묵히 그의 시선을 받고만 있다. 하긴 이쯤 되어서도 계속 난색을 표한다는 것은 너무 인색한 모습일 것이다.

"허허! 강 대표의 생각이 정 그렇다면……!"

그렇게 운을 뗀 나인태 회장은 다시 염기준 전무에게로 시선을 주며 말을 잇는다.

"염 전무! 강 대표 쪽의 얘기를 좀 더 상세히 들어보고 가능한 부분은 최대한 지원해 드리도록 해!"

"알겠습니다! 회장님!"

염기준 전무가 여전히 흔쾌한 기색까지는 아니지만, 순순히 고개를 숙인다.

"감사합니다, 회장님!"

강이권이 예를 차렸다.

나인태 회장이 담담히 웃으며 받는다.

"그런데 오늘 보니, 강 대표에 대해서는 내가 좀 더 연구를 해봐야 할 것 같소!"

강이권이 싱긋이 웃는 얼굴로 가볍게 고개를 숙여 보인다.

"그 말씀, 칭찬으로 들어도 되겠습니까?"

그 넉살에 나인태 회장이 껄껄거리며 짐짓 호탕한 웃음을 터뜨렸다.

이런 놈을 데리고 도대체 뭘 하겠다고

다시 며칠 뒤, 한상운은 세진의 염기준 전무에게 전화를 했다.

"그날, 회장님께 건의드렸던 건으로 전화드렸습니다."

—건의? 무슨… 내용이었더라……? 하하하! 이해하시오, 한 실장! 내 나이가 되면 불쑥불쑥 건망증이 생기곤 해서 말이오!

염기준 전무가 슬쩍 눙치려고 했다.

"저희가 쓸 현장 인력을 좀 추천해 주셨으면 하는……!"

—아아! 그거? 그래요! 안 그래도 좀 알아보라고 지시를 해 놓았는데, 아직 보고가 없네? 내 다시 한 번 확인을 해보도록

하겠소.

"아닙니다. 아직 진척이 없다면 오히려 잘되었습니다."

─응… 그건 또 무슨 말이오?

"마침 저희 쪽에서 물색한 사람이 하나 있어서 말입니다."

─그래… 요?

"예! 그렇지만 저희로서야 이쪽 계통의 사람을 제대로 판단할 역량이 없으니, 역시 전무님께서 조언을 좀 해주셔야겠습니다. 그런 것 이전에 전무님께 먼저 의논을 드리는 게 순서이기도 하고요."

─허허허! 그거야… 뭐! 근데… 그런 쪽에 관해서라면, 나 역시도 그렇게 잘 안다고 할 수가 없는데……? 그쪽 바닥하고 약간의 관계를 맺고 있는 부분이 있긴 하지만, 그런 것이야 어디까지나 사업상 필요한 부분에 국한된 것뿐이라서 말이오. 뭐, 그렇더라도 한 실장이 내 입장을 생각해서 그렇게 말을 해주는 게 고마워서라도, 내가 도울 수 있는 부분이 있다면 최대한 돕도록 하겠소. 흠… 그래, 추천받았다는 사람이 어떤 사람인지 일단 들어나 봅시다!

"얼마 전까지 신갈파에 잠시 얹혀 있었다고 하는데, 이름이 하정태라고 합니다."

─신갈파……?

염기준 전무는 의아했다.

하필이면 신갈파라니? 그러나 일단은 좀 더 듣고 볼 일이었다.

—하정태라……! 글쎄, 아는 이름 같진 않군요. 한데 신갈파나 혹은 그 하정태라는 사람과 무슨 특별한 관계라도……?

"아닙니다. 저희와는 아무런 관계가 없는 사람입니다. 다만 저희 대표님께서 아시는 인맥을 통해 쓸 만한 사람을 좀 알아봐 달라고 부탁을 하신 모양인데, 그쪽에서 추천을 해온 사람입니다."

—강 대표께서 그런 쪽으로도 인맥이 있으신 줄은 또 몰랐군. 그래, 그 인맥이란 데가 어느 쪽입니까?

염기준 전무가 슬쩍 물었다. 그러자 한상운이 짐짓 곤란하다는 듯이,

"하하하! 그건 저희 영업 비밀이라서……!"

하고 얼버무리고는 다시 덧붙인다.

"사실은 저희 대표님의 개인적인 인맥이라서 저도 잘 알지 못합니다."

—그래요? 음… 그런데 다른 건 몰라도 신갈파 출신이면 아무래도 좀… 그렇지 않겠소? 혹시 신갈파가 태성 쪽과 협력 관계에 있다는 거 모르시오?

"안 그래도 그 점에 대해서 저도 대충은 알아봤는데, 신갈파가 최근에 태성 쪽과 협력 관계에 있는 건 맞지만, 그렇다고 딱

히 태성의 하부 조직이나 직계 조직이라고 할 수는 없겠더군요. 이전에는 세진과 일을 했던 적도 여러 번 있고 말입니다. 결국 신갈파가 어느 쪽에 소속을 두고 있다기보다는, 독립적인 위치에서 건별로 여러 수요처와 거래를 해왔다고 하는 게 맞겠죠. 그리고 최근에는 신갈파 보스의 신변에 이상이 생기면서, 조직이 거의 해체되는 분위기로 가고 있는 중이더군요. 그런 판국에 저희가 그곳의 간부급도 아닌, 그저 잠시 얹혀 있던 인물 하나를 데려다 쓴다고 해서 나중에 태성과 무슨 시비 거리로 번질 만한 사항은 전혀 아니라고 판단을 했습니다."

그만하면 대충 알아본 게 아니라 핵심을 제대로 간파한 것이었다.

—음… 그렇게 말하면 또 그렇게 볼 수도 있긴 하겠지만……

염기준 전무가 잠시 말끝을 끌다가 불쑥 다시 말을 잇는다.

—그래도 일이란 건 또 모르는, 법이니, 혹시라도 그자로 인해 문제가 생기면 그땐 어떡하겠소?

"하하하!"

한상운이 나직이 웃고 나서,

"그거야 당연히 저희 쪽에서 책임을 집니다."

하고 말했는데, 그 느낌이 사뭇 분명하고도 단호했다.

염기준 전무는 당장에 토를 다는 대신 가만히 계산을 해본다.

애초 저쪽에서 현장 인력을 추천해 달라고 했을 때는, 만약의 경우를 대비한 보험용으로 세진과의 얼개를 얽어놓으려는 의도로 판단을 했었다.

그런데 이제 엉뚱하게도 신갈파 출신을 써도 괜찮겠는지를 묻고 있다.

거기에 더해 또 무슨 꿍꿍이가 있는지 현재로선 모르겠지만, 어쨌든 그들 스스로 사람을 구한 것이니 나중에 문제가 되더라도 그것이 세진으로까지 번질 소지는 오히려 작아 보였다.

─일단 그렇다 치고… 그자 하나만으로 일이 될 건 아니지 않소?

"그렇습니다. 한 이삼십 명 정도를 더 고려하고 있습니다."

─이삼십 명이라……! 그래, 그 인원들은 또 어떻게 충원할 작정이오?

"일단 하정태라는 사람을 쓸 것인지부터 결정하고 나서 다시 세팅을 해봐야겠지요. 쓰는 것으로 결정이 된다면 그 사람이 리더가 될 테니, 그의 의견도 들어봐야 할 테고 말입니다. 어쨌든 전무님께서 의견을 주셔야 일이 진행될 것 같습니다."

─허허! 이거야 원……! 얘기를 들어보니 굳이 내 의견이 필요할 것 같지도 않구만… 쩝!

염기준 전무가 짐짓 부담스럽다는 듯 입맛을 다신 뒤 마지

못한 듯 덧붙인다.

—뭐, 한 실장이 자꾸 그렇게 몰고 가니, 어쨌든 한번 알아보기는 하겠소.

"감사합니다, 전무님! 그럼 그렇게 알고 기다리겠습니다."

염기준 전무가 즉시 지시하여 알아본 바, 하정태라는 인물은 신갈파에 들어온 지 채 일 년도 되지 않은 신출이었다.

우연하게 신갈파 보스 서건호의 눈에 들어 곁에 데리고 다녔다는 것 말고는 별다른 이력이 없는 자였다.

염기준 전무는 일단 하정태를 데리고 오라고 지시했다. 그런데 그가 보낸 다섯 팀의 리더로부터 예상치 않았던 전화가 왔다.

—전무님! 이 새끼가 꼴통 기가 좀 있는데, 기스 좀 내도 되겠습니까?

완력을 써도 되겠느냐고 허락을 구하는 소리였다. 아마도 하정태가 못 오겠다고 버티는 모양이다.

'서울 바닥에서 나름 정평이 난 주먹들을 다섯씩이나 마주하고도 주눅이 들지 않는다? 제법 깡이 있다는 건가, 아니면 물정 모르는 촌뜨기인가?'

염기준 전무는 슬쩍 흥미가 생겼다.

"적당히 다뤄! 너무 과하게는 말고!"

그리고 한 시간쯤 지나서 하정태가 염기준 전무의 앞에 끌려왔다.

과연 하정태의 얼굴이며 몸에는 '적당히 다루라!'는 지시가 무색할 만큼의 '기스'가 나 있었다.

그런데 염기준 전무가 보낸 팀에도 피해가 있는 모양이다. 두 명이 응급치료를 받으러 갔다는 보고였다.

염기준 전무는 찬찬히 하정태를 뜯어본다.

하정태의 첫인상은 한마디로 길들여지지 않은 야생 싸움닭의 냄새가 난다.

갑작스럽게 끌려온 상황에 긴장한 기색이긴 해도, 딱히 기가 죽은 기색은 아니었다. 오히려 차분하게 가라앉은 눈빛에서는 차가운 독기가 비친다.

'독고다이 계열이군!'

염기준 전무는 일단 그렇게 하정태에 대한 평가를 내렸다.

깡은 좀 있는 것 같으나, 그럼에도 그쪽 바닥에서는 이미 전성기를 넘겼다고 할 나이에 아직껏 이렇다 할 두각을 나타내지 못했다는 건, 결국 조직에서 클 수 있는 스타일은 아니란 것이리라.

그렇다면 크게 경계할 대상은 아니다. 뒷골목에서 힘자랑이나 하려는 게 아닌 이상, 힘이란 건 결국 세력과 규모에서 나오는 것이다.

혼자서 아무리 날고 뛰어봐야 무소용이다. 지금 놈이 딴에
는 깡과 독기를 부리고 있지만, 결국은 꼼짝없이 잡혀와 그의
앞에 무릎을 꿇고 있는 것처럼!

'강 대표의 인맥이 별로 신통치는 않은 모양이군! 기껏 추천
받았다는 인물이 이런 정도인 걸 보면!'

염기준 전무는 그런 생각으로 일단의 결론을 내리며 느긋
하게 묻는다.

"어이, 하정태! 내가 누군지 알겠나?"

하정태가 차분하게 시선을 맞추면서 대답한다.

"오면서 들었습니다."

염기준 전무는 빙그레 웃는다. 그도 젊어서 한때는 전국구
에 이름을 올렸던 적도 있으니, 하정태 같은 친구들에겐 전설
과 같은 존재로 여겨질 수도 있지 않을까?

"좋아! 그럼 다른 말을 할 필요는 없겠군. PAR투자운용사라
고 아나?"

"모릅니다!"

하정태에게서는 생각하고 말고 할 것도 없이 곧바로 대답이
튀어나왔다.

"강이권이라는 사람은?"

"모릅니다."

"한 실장은?"

"모릅니다."

"최근에 누구에게 일 좀 같이해 보자고 제의받은 적 있지?"

"없습니다!"

하정태의 대답은 한결같았다. 차분한 목소리 톤과 시큰둥한 표정까지도!

염기준 전무는 가볍게 한숨을 내쉰다. 하정태가 거짓말을 하고 있는 것 같지는 않다.

"하정태! 지금부터 내가 하는 말 잘 들어라! 조만간 PAR투자운용사라는 곳에서 연락이 갈 거다."

하정태는 별다른 반응 없이 묵묵히 시선을 맞추고만 있었다.

그 시선이 사뭇 불손하게 느껴져 염기준 전무는 설핏 인상을 찌푸리고 만다.

'새끼가……! 하여간 반골 기질이 강한 놈이다. 이런 놈을 데리고 도대체 뭘 하겠다고……?'

그러나 그가 그런 걱정까지 해줄 일은 또 아니었다. 염기준 전무는 차갑게 눈빛을 굳히며 다시 말을 잇는다.

"넌 그냥 그쪽에서 하라는 대로만 하면 된다. 다만, 한 가지만 명심해라! 이제부터 네가 하게 되는 모든 일에 대해서, 하나도 빠짐없이 내게 보고를 하라는 거다! 이 일이 그리 오래

가지는 않을 거다! 그리고 일이 다 끝나면 충분한 보상을 해 주겠다. 내 말, 무슨 뜻인지 알겠나?"

하정태는 눈을 한번 깜빡였다. 그러나 그뿐, 그는 계속해서 묵묵히 응시만 하고 있다.

"알아들었냐고 물었다."

염기준 전무가 울컥 치미는 짜증을 담아 다시 물었다.

하정태가 그제야,

"예!"

하고 건조한 느낌의 짧은 대답을 뱉어냈다. 그리 그는 다시금 묵묵한 모습으로 돌아간다.

'이 새끼가 진짜……?'

성질대로라면 그대로 귀싸대기를 후려갈기고 싶은 걸 염기준 전무는 애써 참는다.

나를 책임져 줄 수 있소?

한상운은 하정태와 대면하고 있었다..

"세진의 염 전무께서 하정태 씨를 적극 추천하시더군요."

한상운이 인사 대신 말했다. 그러나 하정태는 묵묵히 시선만 맞추고 있다.

그 눈빛이 부담스러워서라도 한상운이 곧장 다시 말을 이어

간다.

"자! 그럼 우선 계약 조건부터 간략히 설명을 드리도록 하지요!"

한상운이 들고 있던 파인더를 펼친다. 그제야 하정태가 덤덤한 얼굴로 입을 연다.

"그런 거 필요 없습니다! 잘 알지도 못하고! 무슨 일을 하면 되는지만 말해주십시오! 할 만하다 싶으면 대충 까라는 대로 깔 테니까."

한상운이 잠시 멈칫했다가,

"훗!"

가볍게 실소하며 말을 받는다.

"그 말, 마음에 드는군요!"

"……?"

"제가 설명드리려는 계약 조건 중 가장 중요한 내용이 바로, 일단 계약이 발효되는 순간부터 하달되는 지시에 무조건 따라야 한다는 것입니다. 하정태 씨의 표현대로 '까라는 대로 까야 한다'는 것이죠. 단, 대충은 안 되고, 무조건입니다."

"무조건……? 어떤 지시라도 말입니까?"

"그렇습니다. 어떤 지시라도! 무조건!"

"지시는 누가 내리는 겁니까?"

"아마도 대부분의 경우에 제가 내리게 될 겁니다."

하정태의 눈빛이 설핏 강해진다.

"만약, 경우에 따라 지시를 따르지 않으면……?"

하정태의 그 말은 도발에 가까운 느낌이었다.

한상운이 차분하게 대답한다.

"그 즉시 계약은 파기됩니다. 그리고 계약 파기에 따른 대가가 요구될 겁니다."

"대가……? 무슨 대가?"

"계약서에 명시가 됩니다. 계약 조건을 어겼을 시, 어떤 대가라도 기꺼이 치르겠다는!"

"니미……!"

하정태가 으르렁거리듯이 씹어뱉으며 한상운을 노려본다.

한상운은 담담히 시선을 맞받는다.

그런 와중에 하정태가 문득 피식 실소한다. 그리고 툭 뱉는다.

"재미있네요!"

"뭐가 말입니까?"

한상운이 무심한 듯이 반문한다.

"세진도 그렇고, 이쪽도 그렇고! 서로 자기네 지시를 따르라고만 하니 말입니다!"

한상운이 담담하게 받는다.

"하정태 씨가 세진의 염기준 전무를 먼저 만난 걸 알고 있습니다."

하정태의 눈빛이 설핏 흔들린다.

한상운이 여전히 무심한 빛으로 묻는다.

"염 전무가 하정태 씨에게 뭐라고 하던가요?"

하정태가 잠시 한상운의 눈을 응시하고 있다가 덤덤한 투로 말한다.

"그냥 이쪽에서 하라는 대로만 하라고 하더군요. 단, 이제부터 하게 되는 모든 일에 대해 하나도 빠짐없이 보고하라면서요."

한상운이 담담하게 웃음기를 떠올리며 받는다.

"우리는 결코 강요하지 않습니다. 계약을 하고 안 하고는 어디까지나 하정태 씨의 자유입니다. 우리가 제시하는 조건과 대우가 만족스럽지 않으면 계약을 하지 않으면 됩니다. 단, 일단 계약을 하게 되면 그때부터는 다릅니다. 우선 하정태 씨는 철저히 비워져야 합니다. 이전까지의 하정태 씨가 어떤 사람이었던지, 또 누구에게 어떤 제안을 받았던지 모두 없었던 일로 하라는 겁니다. 우리와 계약을 하는 그 순간부터 하정태 씨는 절대적으로 우리 사람이 되어야 한다는 겁니다. 그건 우리와의 계약이기도 하지만, 하정태 씨 스스로가 자유의지로 선택한 약속을 하정태 씨 자신에게 지키는 것이기도 합니다. 다시 한 번 분명히 말씀드립니다. 만약 그런 각오가 서지 않는다면, 우리와 계약을 하지 마시기를 권하는 바입니다."

하정태가 이글거리는 눈으로 한상운을 노려본다. 그러더니 문득 거친 목소리로 묻는다.

"계약을 하면……? 나를 책임져 줄 수 있소?"

한상운이 천천히 받는다.

"대답은 이미 했습니다. 계약이 맺어지는 그 순간부터 하정태 씨는 우리 사람입니다. 절대적으로!"

하정태가 다시금 뚫어질 듯이 한상운을 노려본다.

한상운이 담담하게 그 눈빛을 받는다.

한동안 지난 다음, 하정태가 문득 시선을 누그러뜨린다. 그리고 천천히 고개를 끄덕인다.

"좋소! 계약하겠소!"

한상운이 빙그레 미소를 떠올릴 때였다. 하정태가 무겁게 가라앉은 목소리로 덧붙인다.

"다만, 나도 한 가지만 미리 얘기해 두겠습니다! 만약 그쪽에서 먼저 계약을 깬다면 그때는… 내가 그 대가를 치르게 만들어줄 겁니다. 반드시!"

한상운이 간단히 받는다.

"물론입니다!"

하정태에게 첫 번째로 맡겨진 일은, 하정태 자신과 함께 일

할 스무 명쯤의 사람을 모으는 것이었다.

서울 경기 권역에 뿌리를 둔 자들은 제외하고 지방 인력들 중, 또한 가능하면 잘 알려지지 않은 이름들이면 좋겠다는 조건이 붙은 것 외에는 하정태에게 전적인 권한이 주어졌다.

앞으로 어떤 일을 하게 될지는 아직 알지 못했다.

그러나 어쨌든 그가 리더가 되어 움직일 조직의 구성원을 그 자신이 주도적으로 뽑는다는 점에 하정태는 만족스러웠다.

더욱이 동종의 용역 업계와 비교해서도 최고 수준을 훌쩍 뛰어넘는 대우가 보장되는 조건이었다.

염기준 전무는 PAR투자운용사의 한 실장으로부터 전화를 받았다.

필요한 현장 조직이 그런대로 갖춰진 데 대한 경과 보고 성격을 띤 설명이었다.

저쪽에서 미리 알아서 기어주는 데 대해서는 굳이 토를 달 필요가 없었다.

그러나 염기준 전무는 별로 기분이 좋지 않았다.

정작 그가 먼저 보고를 받았어야 할 쪽에서는 아직 아무런 보고가 없었기 때문이다.

―이봐, 하정태! 너 도대체 뭐 하는 새끼냐?

휴대폰에서 흘러나오는 염기준 전무의 목소리는 단단히 화가 나 있었다. 그동안 연락을 하지 않은 것 때문이리라.

하정태는 굳이 대답을 하지 않고 듣고만 있었다.

―니가 하게 되는 모든 일에 대해 빠짐없이 즉시 나한테 보고하라고 했어, 안 했어? 근데 왜 아무런 보고가 없냐고, 개새끼야?

욕지거리의 수위가 높아지고 나서야 하정태가 덤덤히 대답한다.

"특별히 보고할 만한 것도 없었고, 또 한 실장이 다 보고를 드린다고 해서……!"

―뭐, 특별히 보고할 만한 게 없었어? 한 실장이 다 보고를 드려? 근데… 이 새끼가 지금? 야, 이 새끼야! 너 지금 그걸 말이라고 하냐? 스물이나 되는 애들을 끌어모은 게 특별한 일이 아니야? 그리고 그런 일을 내가 한 실장을 통해서 보고를 받아야 하겠냐? 이 개새끼야!

하정태는 다시 무응답으로 대응한다.

―어떤 애들이야?

염기준 전무가 스스로 진정이 되었는지 조금 가라앉은 목소리로 다시 물어왔다.

"예?"

―니가 끌어모았다는 애들, 어느 바닥 애들이냐고?

"여수하고 순천 쪽입니다."

―소속은?

"소속 같은 건 없습니다. 그냥 저 어릴 때 형, 동생 하며 같이 놀던 애들입니다."

잠시의 어색한 침묵이 흐른 후, 염기준 전무가 가라앉은 소리로 부른다.

―야! 하정태!

"예!"

―생각 잘해라?

"……."

―그쪽 일, 그리 오래가지 않는다! 일 끝나면 다시 돌아갈 자리가 있어야 안 되겠냐? 내가 충분하게 보상을 해준다고 했지? 앞으로는 일 처리 좀 확실하게 해라! 알겠냐?

그리고 염기준 전무는 하정태의 대답은 듣지도 않고 전화를 끊어버렸다.

"니미……!"

하정태가 나지막이 뱉었다.

제6부
미션

제1장
와이키키

영업 재개

"한 실장! 요즘 그쪽은 사업이 무지 번창하는 모양이오?"

보름여 만에 만나는 염기준 전무의 말에는 조금쯤의 빈정 거리는 듯한 느낌이 섞여 있었다.

한상운이 가벼운 미소로 받는다.

"전무님께서 물심양면으로 도와주시는 덕분에 나아지고는 있습니다. 그렇지만 뭐, 무지 번창할 정도까지는 아닙니다. 하 하하!"

"강 대표님… 얼굴을 도통 볼 수가 없으니 하는 말이오."

한상운의 미소가 슬쩍 짙어진다. 염기준 전무의 말인즉슨, '세진의 전무 직급이자 특수사업을 총괄하는 사업부장인 자신에 대해, 일개 실장 직책이 매번 상대로 나오는 건 좀 그렇지 않느냐?' 하는 뉘앙스로도 들렸다. 혹은 웬만한 사항이면 전화로 얘기해도 될 것을, 굳이 세진그룹 본사로 들어오라고 한 것에서 유추한 것은 아마도 '강 대표'와 직접 의논을 해야 할 건수가 있다는 것일까?

"그 WWT에 대해서 말인데……."

염기준 전무가 슬쩍 흘리듯이 뱉고 있었다.

"예?"

한상운이 짐짓 의아하다는 투로 반문한다. 그러나 염기준 전무가 얘기하려는 요체가 무엇인지에 대해서는 대번에 짐작되었다.

"WWT가 아직 영업 재개를 안 하고 있던데, 달리 계획이 없다면 우리한테 운영권을 넘기는 건 어떻겠소? 물론, 임대료는 충분히 쳐드릴 것이고, 더해서 수익의 일정 부분을 배분해 드리는 조건으로!"

'운영권을 넘겨라……?'

한상운의 머리가 빠르게 돌아간다. 유니타운즈 호텔에 입점하고 있는 WWT는 지하 1~4층을 통째로 임대해서 200여 개의 룸을 확보하고 있는 만큼, 그 규모가 국내에서 세 손가락 안에 꼽히는 기업 형태의 룸살롱이다. 그런 만큼 엄청난 수익을 창출하는, 그야말로 황금알을 낳는 거위라는 점은 업계의 누구나 인정하는 바다.

그리고 애초에 염기준 전무가 유니타운즈 호텔의 경매에 참여하자고 적극적으로 건의한 것을, 나인태 회장이 반대하여 무산되었다는 것을 한상운도 알고 있었다.

안 그래도 태성 측과 일촉즉발인 상황에서 자칫 정말로 전쟁이 날 수도 있는 위험을 피하고자 한 결정이었을 것이다.

그런데 이제 PAR투자운용으로부터 임대를 해서 운영하는 형태를 취한다면 태성 측에서도 직접적인 시비를 걸 명분은 약하다고 할 것이니, 기왕에 PAR투자운용과 사업 파트너십을 맺은 입장에서 세진으로서는 당연히 욕심을 내볼 만한 레퍼토리이긴 했다.

"WWT는 조만간 인테리어를 대폭 보강하는 공사에 들어갈 계획입니다. 그리고 재오픈해서, 저희가 직접 운영을 하게 될 것 같습니다만……!"

한상운이 짐짓 정색을 했다. 그러나 염기준 전무는 오히려 여유로운 반응이다.

"허허! 의욕은 좋지만, 그 바닥 장사가 그리 쉬운 게 아니

올시다! 그리고 거기가 한창때는 비정기적으로 출근하던 숫자까지 치면 아가씨만 600여 명이고, 관리하는 직원들까지 더하면 1,000명이 넘었어요. 한 실장 쪽에서 그만한 인력들 관리가 가능하겠어요? 더욱이 그 계통에서 일하는 애들 다루기가 보통 까다로운 게 아니에요. 그리고 태성 쪽에서 애들을 확 당겨 가버리기라도 하면, 그땐 또 어떻게 할 거요? 원래 그쪽에서 운영하던 업소였으니, 태성에서 마음만 먹으면 일시에 인력들을 당겨 갈 수도 있는 거거든? 사실 WWT가 꼭 유니타운즈 호텔에 있어야 한다는 법도 없는 거지. 일하던 애들 통째로 데리고 가서 어디 다른 곳에다 비슷한 간판 내걸고 새로 장사를 시작하면 거기가 그냥 새로운 WWT가 되어버릴 수도 있는 거지. 그러니까 내 말은… 당장 눈앞에 보이는 수익만 생각하고 겁없이 덤벼들 사안은 아니란 거요!"

한상운이 쭉 듣고만 있다가, 염기준 전무의 말이 멈춘 틈에 슬며시 말을 꺼낸다.

"그런 부분에서 저희가 부족한 부분이야, 전무님께서 좀 도와주시면 되지 않겠습니까?"

염기준 전무가 당장 정색을 한다.

"이보시오, 한 실장! PAR투자운용과 우리가 아무리 협력 관계라지만, 이건 협력 관계만 가지고 말할 성격이 아니요! 생각을 해보시오! 안 그래도 지금 태성 쪽에서는 PAR투자운용에 대해 잔뜩 독이 올라 있을 텐데, 거기다 PAR투자운용이 직접 나서서 WWT의 영업을 재개한다는 건, 아예 저쪽의 염장을 지르겠다는 의도로 받아들여질 거 아뇨? 그래서 태성 쪽에서 열이 받아 가지고 우르르 쳐들어오는 걸 우리더러 막아달라? 우리 보고 태성하고 전쟁이라도 하라는 거요? PAR투자운용을 위해서 목숨 걸고? 에이, 까놓고 말해서 그건 아니지! 안 그래요, 한 실장?"

염기준 전무가 짐짓 흥분한 모양새로 숨을 돌린다.

한상운이 하릴없이 눈만 껌뻑거린다.

염기준 전무가 기색을 가라앉히며 달래는 듯한 투로 다시 말을 잇는다.

"한 실장! 복잡하게 생각하고 말고 할 것도 없어요. PAR투자운용이 감당할 수 있는 일이 아니라니까? 그냥 간단하게 방향을 잡도록 합시다! 우리가 임대료에다 수익까지 충분히 배분해 주겠다니까? 아! 물론 한 실장 독단으로 당장 결정할 수 있는 문제는 아닐 테니까, 강 대표께 사정이 이만저만하다고 잘 보고를 드리세요! 그리고 이 일, 길게 끌어봐야 그쪽에게나 우리에게나 다 손해니까, 늦어도 이번 주 안으로는 쇼부를 보도록 합시다! 콜?"

한상운은 그제야 덤덤히 받는다.

"수익을 배분한다면, 배분 비율은 어떻게 되는 겁니까?"

"20퍼센트!"

염기준 전무가 미리 정해놓았다는 듯 짧게 끊었다. 그리고 다시 덧붙인다.

"이게 사실은 또 말이 안 되는 소리거든? 아까도 말했지만, 이쪽 사업이 절대 쉬운 게 아니라, 막상 속을 파고들어 가면 다른 골치 아픈 문제들이 엄청 들어앉아 있다는 거야! 그런 문제들에 대해 일절 신경 쓸 필요 없이 가만히 앉아서 이익의 20퍼센트를 먹는다는 거, 이게 도대체 말이 안 되는 조건이란 말이지!"

한상운이 슬쩍 이마에 주름을 만든다.

"그렇지만 어쨌든 건물이며 설비 등등 모든 현물이 저희 소유인데, 20퍼센트면 너무 박한 것 아닙니까?"

"허!"

염기준 전무가 어이없다는 듯 실소를 뱉었다. 그러곤 딱딱한 투로 말을 잇는다.

"내가 이미 충분히 설명하지 않았소? 그런데도 그렇게 이해가 안 돼요?"

염기준 전무는 자칫 험한 말이라도 뱉어낼 듯한 기세다. 그가 다시 덧붙인다.

"너무 박하다고 했소? 그럼, 어디 물어봅시다! 20퍼센트가

박하면, 도대체 얼마나 되어야 후한 거요?"

"그래도 6 대 4는 되어야……! 그래야 서로 간에 형평성이 맞아진다고 생각합니다만……!"

한상운이 덤덤하게 대답했다.

대번에 염기준 전무의 언성이 높아진다.

"뭐요? 6 대 4? 지금 40퍼센트를 달라는 거요?"

그리고 염기준 전무는 선언이라도 하듯 단호하게 덧붙인다.

"그만둡시다! 이 얘기는 없던 걸로 합시다!"

그런데 한상운이 또한 간단하게 받는다.

"뭐, 그러시죠! 솔직히 실무자로서 제 입장도 그렇습니다. WWT의 영업 재개를 위해 기껏 공들여 세팅을 다 해놓았는데, 이제 와서 전혀 다른 방향으로 검토 단계부터 다시 시작해야 한다는 게, 그렇게 반가운 상황은 아니거든요!"

그러자 염기준 전무의 태도는 또 달라진다.

"어허, 한 실장! 알 만한 사람이 대체 왜 이러는 거요? 내 입장도 좀 생각해 줘야 할 거 아뇨?"

"그건 또 무슨 말씀이십니까?"

"WWT 건에 대해 우리 회장님께는 이미 대강의 보고를 드려놨는데, 강 대표의 결정도 아니고, 한 실장 선에서부터 NO를 해버리면 내 입장이 뭐가 되겠냐 말이오?"

"별말씀을 다 하십니다. 제가 언제 NO를 했다고 그러십니까? 다만 전무님께서 제시하신 조건이 저희 쪽에서 생각하는 것과 너무 차이가 크다 보니, 검토해 볼 여지 자체가 없다는 것이죠."

"아니, 그게 그 얘기 아니요? 어허! 이거야, 원……!"

염기준 전무가 잔뜩 인상을 쓰더니, 사뭇 무거운 목소리로 다시 말을 꺼낸다.

"30퍼센트! 이건 진짜 마지노선이오! 만약 이것도 NO면, 이 얘기는 진짜 없던 걸로 합시다!"

그러나 한상운은 생각할 것도 없다는 듯 곧바로 고개를 가로젓는다.

"35퍼센트! 저도 마지막입니다! 여기서 단 1퍼센트도 양보할 수 없습니다!"

염기준 전무가 두 눈을 부릅뜨고 노려보며 말을 뱉는다.

"한 실장! 지금 그 말, 책임질 수 있소? 최소한 강 대표께 보고는 드리고 난 다음에 해야 하는 말 아니요?"

"WWT 운영에 관한 한, 저희 대표님께선 제게 전권을 위임하셨습니다!"

"으… 음!"

염기준 전무가 앓는 소리처럼 뱉었다. 그리고 한참이나 무겁게 침묵을 지키고 나서야 딱딱한 목소리로 입을 연다.

"좋소! 35퍼센트!"

한상운이 빙긋이 웃으며 고개를 숙인다.

WWT의 영업이 재개되었다.

한동안의 휴업기가 있었으니, 이전만큼의 성세는 아니어도 영업은 점차 정상 궤도로 올라서고 있었다.

염려했던 태성 쪽의 시비는 없었고, 이렇다 할 문제가 생기지도 않았다.

영업 재개 3개월이 지나자, 분기별 이득 분배의 약속대로 첫 번째 분배가 이루어졌다.

그런데 분배 금액은 한상운이 대강 예측해 본 것과는 상당히 동떨어진 것이었다.

그러나 그것이 이상하다고, 문제가 있다고 따지기는 사뭇 애매한 데가 있었다.

WWT의 운영 전반을 전적으로 세진 측에서 장악하고 있는 까닭에, 영업 실적과 회계에 관련된 사항에는 전혀 접근할 수가 없었으니 PAR투자운용 쪽에서는 따지고 싶어도 따질 근거가 전혀 없었다.

검증할 방법이 없는 한, 애초에 수익의 35퍼센트를 분배한다는 약속 자체가 결국은 말장난에 불과할 뿐이었다. 말 그대로 주는 대로 받을 수밖에 없는 노릇이었다.

PAR투자운용 쪽에서는 어설프게 협상에 임한 한상운에 대해 책임을 물을 만도 했다.

그러나 아무도 책임을 묻지 않았다. 심지어 세진 측과 이익 분배에 대한 협상을 다시 해야 한다는 주장조차도 나오지 않았다.

와이키키 영업2본부장

와이키키는 명실상부한 국내 최대 규모의 기업형 풀 살롱이다. 그 외형상의 규모는 웬만한 상장 기업 정도가 되지만, 투자금 대비 이익금으로 보자면 일반 기업과는 비교가 안 될 정도로 엄청난 고효율이다.

한편 그런 만큼 여러 가지 불법과 규제 요소에 노출될 수밖에 없어서, 정재계의 각종 권력과 직간접적으로 유착되지 않고는 영업을 영위해 갈 수가 없다. 더욱이 성매매특별법이 발효되고 난 이후, 대폭 강화된 당국의 성매매 단속과 국세청의 세무 감사 등 룸살롱 업계의 경영 환경은 뚜렷이 악화되고 있었다.

그러나 여타의 다른 업소들에 비하자면, 와이키키는 여전히 호황을 누리고 있는 편이다.

그런 데는 역시 태성그룹이라는 막강한 힘이 뒤에서 버티고 있는 덕분이다. 물론 태성그룹이 직접적으로 소유하지는 못하고, 그룹 회장 직속의 특수사업부에서 방계의 조직들을 활용하여 간접적으로 관할하는 형태인데, 어쨌든 태성은 와이키키의 실소유자이자, 또한 얼마 전까지만 해도 업계 이삼 위권의 규모였던 WWT의 실소유자이기도 했었다. WWT가 당국의 표적 수사에 걸려 하루아침에 무너지기 전까지만 해도 말이다.

황금알을 낳는 거위를 두 마리씩이나 가지고 있다가 졸지에 한 마리를 잃어버렸으니 태성으로서는 참으로 뼈아픈 일이었다.

그러나 와중에도 발 빠르게 움직여서 WWT의 VIP 고객들 중 상당수를 와이키키로 끌고 올 수 있었던 것은 그나마 다행스러운 일이었다.

그 덕에 와이키키의 매출이 20퍼센트나 급증해서 전체적인 손실을 다소나마 줄일 수 있었다.

그런데 주인이 바뀐 WWT가 최근에 영업을 재개하면서부터는 와이키키의 매출이 다시 원래의 수준을 향해 하향 추세를 보이고 있었다.

추선호는 와이키키의 영업2본부장이다.

와이키키의 매출이 어떻게 되든, 그와는 별상관이 없는 일이다.

그는 그냥 와이키키를 직장으로 여기고 다니는 직원 중 한 사람일 뿐이니 말이다.

그는 주로 단골을 관리하는 일을 하고 있다. 그의 명함에 찍힌 영업2본부장이라는 제법 거창해 보이는 직책은, 그가 실제로 하는 일과는 별 관계가 없다.

그냥 편의상의 호칭 정도에 불과하다. 영업상 필요하다면 영업3본부장이나 영업4본부장이 당장에 만들어질 수도 있는 것이다.

그렇다고 그가 와이키키에서 아주 비중이 없는 존재인 건 또 아니다. 제법 대우를 받고 있는 부분도 있는 것이다.

지난 20여 년간, 와이키키가 생기기 훨씬 이전부터 비록 비공식적인 사업 쪽이긴 하지만 어쨌든 태성과 이런저런 인연을 맺어오면서 나름대로 충성을 바쳐온 덕이다.

혹은 그런 과정에서 어찌어찌하다 보니 태성과 깊숙이 얽힌 이런저런 비밀스러운 내막과 사정들에 대해 익숙하게 접하게 되었고, 그럼으로써 설령 태성 쪽의 고위급이라고 해도 그를 함부로 대하지는 못하는 덕이다.

더하여 그가 와이키키에 몸담은 지도 어언 10년의 세월이 넘어가면서, 각계에서 제법 힘 좀 쓴다는 VIP급 단골들과 두루 안면을 익히고 나름의 친분을 트다 보니, 와이키키의 상층부에서도 웬만하면 함부로 건들지 않는 것 같기도 하다.

그리고 사실은 지금 당장 와이키키를 나가더라도 그는 얼마든지, 누구도 부럽지 않게 풍요로운 생활을 누릴 수가 있다. 오랫동안 그런 생활을 꿈꾸며 준비를 해온 덕분이다.

누구에게도 말하지 않았지만, 사실 그는 시내 외곽의 제법 목 좋은 위치에, 비록 규모는 작지만 꽤나 쏠쏠하게 수입이 올라오는 알짜 업소를 세 군데나 은밀하게 운영하고 있었다. 지금 그가 와 있는 이곳 노래 주점도 그중 한 곳이다.

그는 한 달에 한 번 꼴로 불시에 업소들을 들러 대강이라도 점검을 하곤 한다.

믿을 만한 사람들을 앉히긴 했지만, 돈 앞에 믿을 놈 없다는 말도 있거니와, 특히 현금이 도는 장사이니만큼 미리미리 점검하여 아예 딴짓할 마음을 품지 못하도록 하는 게 최선이라고 생각하기 때문이다.

추선호는 고향 후배이기도 한 노래 주점 사장이 내놓은 매상 장부를 한눈에 훑어본다. 이어 주점 내의 10여 개 남짓한 룸을 한번 쭉 훑어본다.

그런데 그가 대강의 점검을 마치고, 입구 쪽 홀에 놓인 응접 소파에 앉아 맥주를 한잔 마시고 있을 때, 손님 하나가 입구의 문을 열고 안으로 들어섰다. 별 의미 없이 흘깃 돌아보던 그는 순간 눈을 크게 떴다.

서른쯤이나 되었을까? 일행 없이 혼자 온 듯 보이는 그 청년은 한눈에 돋보일 만큼 늘씬했다. 호리호리하면서도 미끈하게 균형이 잡힌 몸매는 마치 모델인 듯했다.

다시 한순간 그는, 온몸을 관통하는 짜릿한 흥분을 느낀다.

청년과 언뜻 스치듯이 마주친 눈길에서 뭔가 스파크처럼 순간적으로 폭발해 버리는 그 무엇이 있었다. 그건 느낌이었다. 그와 같은 사람들만이 공감하는 것!

그는 게이다. 그러나 원래부터 게이는 아니었다. 엄연히 처자식도 있는 처지로, 동성애자라기보다는 양성애자로 이성과 동성을 굳이 가리지 않는 편이었다.

다만 어느 시점부터는 이상하게도 이성에 대해서는 영 흥미를 느끼지 못하게 되었고, 동성에게서만 흥분을 느낄 수 있는 상태가 되었다.

그러나 평생을 함께할 애인이나 친구를 진지하게 구하는 건 또 아니다. 단순히 성욕을 풀기 위해 일회성 만남을 즐기는 것일 뿐이다.

"방금 들어온 손님 있잖아? 그 방에 과일하고 마른안주 하나 서비스로 넣어!"

그의 말에 사장 녀석이 언뜻 묘한 표정을 지었다. 그러나 감히 이의를 달지는 못하고 곧장 주방으로 들어간다.

그리고 잠시 후, 안쪽 구석의 6번 방에다 안주 두 접시를 넣어주고 나온 녀석이 그를 향해 가볍게 고개를 끄덕여 보인다.

"우리 형님이 특별 서비스로 내드리는 것이라고 했더니, 감사하다며 받던데요?"

사장 녀석의 입가에 사뭇 묘한 느낌의 미소가 잠깐 스쳐지나간다. 마치 그의 비밀스러운 취향에 대해 이미 짐작하고 있기라도 하다는 듯하다.

하긴 그의 비밀스러운 취향은 이제 적어도 가까운 몇몇 사람에게는 그렇게 비밀스럽지 않게 되어버렸다.

어쨌거나 지금은 그런 데까지 신경을 쓰기에는 그의 흥분이 너무 고조되어 버린 뒤였다.

그리고 그가 넣어준 서비스를 순순히 받았으니만큼, 지금쯤 상대 또한 그럴 것이다.

새삼 짜릿하게 치미는 흥분을 애써 억누르며 그는 계산대 뒤편의 진열장에서 고급 양주 한 병을 꺼내 든다.

"아무도 들이지 마!"

6번 방을 향해 가며 그가 나직이 지시했다.

사장 녀석이 고개를 주억거린다.

그는 6번 방의 문을 연다. 그리고 조심스럽게 안으로 들어간다.

딸깍!

그의 등 뒤에서 문이 잠기는 소리가 났다.

희미하게! 은밀한 느낌으로!

『완빤치』 7권에 계속…

초대형 24시 만화방

신간 100%, 샤워실, 흡연실, 수면실(침대석), 커플석, 세탁기 완비

■ 시흥 정왕25시점 ■

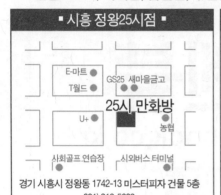

경기 시흥시 정왕동 1742-13 미스터피자 건물 5층
031) 319-5629

■ 강북 노원역점 ■

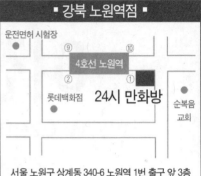

서울 노원구 상계동 340-6 노원역 1번 출구 앞 3층
02) 951-8324 (화용빌딩 3층)

■ 일산 정발산역점 ■

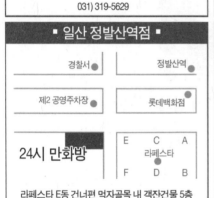

라페스타 E동 건너편 먹자골목 내 객잔건물 5층
031) 914-1957

■ 일산 화정역점 ■

경기도 고양시 덕양구 화정동 984번지 서일빌딩 7층
031) 979-4874 (서일사우나 건물 7층)

■ 부천 역곡역점 ■

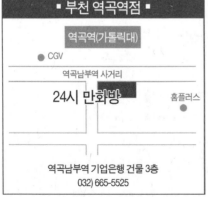

역곡남부역 기업은행 건물 3층
032) 665-5525

■ 부평역점 ■

(구) 진선미 예식장 뒤 한신포차 건물 10층
032) 522-2871

철순 장편소설
FUSION FANTASTIC STORY

괴물 포식자

지구 곳곳에 나타난 차원의 균열.
그것은 인류에게 종말을 고하는 신호탄이었다.

『괴물 포식자』

괴물을 먹어치우며 성장한 지구 최강의 사내, 신혁돈.
그는 자신의 힘을 두려워한 인류에 의해
인류의 배신자라는 낙인이 찍히고 죽게 되는데…

[잠식이 100%에 달했습니다.]
[히든 피스! 잠들어 있던 피닉스의 심장이 깨어납니다.]

불사의 괴물, 피닉스의 심장은
신혁돈을 15년 전으로 회귀하게 한다.

먹어라! 그리고 강해져라!
괴물 포식자 신혁돈의 전설이 시작된다!

Book Publishing CHUNGEORAM

궁극의
쉐프

Ultimate chef

가프 장편소설

FUSION FANTASTIC STORY

태초의 우물에서 찾은 사막의 기적.
사람의 식성과 식욕을 색으로 읽어내는 능력은
요리의 차원을 한 단계 드높인다.

『궁극의 쉐프』

요리란!
접시 위에 자신의 모든 것을 담아내는 것.

쉐프란!
그 요리에 자신의 가치를 증명하는 사람.

"요리 하나로 사람의 운명도 좌우할 수 있습니다."

혀를 위한 요리가 아닌, 마음을 돌보는 요리를 꿈꾸는
궁극의 쉐프 손장태의 여정이 시작된다!

이경영 판타지 장편소설

FANTASY FRONTIER SPIRIT

그라니트

용들의 땅

GRANITE

사고로 위장된 사건에 의해 동료를 모두 잃고 서로를 만나게 된 '치프'와 '데스디아'.
사건의 이면에 상식을 벗어난 음모가 있음을 알게 된 둘은
동료들의 죽음을 가슴에 새긴 채 각자의 고향으로 돌아간다.
2년 후, 뜻하지 않게 다시 만난 두 사람은 동료들의 복수를 위해
개척용역회사 '그라니트 용역'을 설립해 다시금 그 땅을 찾게 되는데……

용들이 지배하는 땅 그라니트!
그곳에서 펼쳐지는 고대로부터 이어지는 운명적 만남,
깊어지는 오해, 그리고 채워지는 상처.

『가즈 나이트』시리즈 이경영 작가의 미래형 판타지 신작!

Book Publishing CHUNGEORAM

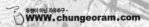

유행이 아닌 자유추구 -
WWW.chungeoram.com

검은 천사

임영기 장편소설

FUSION FANTASTIC STORY

90년대 말, 무너지는 체제 속
살길을 찾아 북한 땅을 탈출하는 주민들.

국경지대에는 고통이 가득했다.

굶주림과 차별, 그리고 위협……

그 속에서 탈북 주민 조은애는 브로커에게 목이 졸려 죽고

그녀의 염원은 기적을 불렀다.

운명의 부름을 받은 한국의 청년 최정필.
두만강을 오가며 탈북자들의 검은 천사가 된다!

Book Publishing CHUNGEORAM

유행이 아닌 자유추구 -
WWW.chungeoram.com

이모탈 퓨전 판타지 소설
FUSION FANTASTIC STORY

용병들의 대지

Road of Mercenaries

이 세계엔 3개의 성역이 존재한다.
기사들의 성역, 에퀘스.
마법사들의 성역, 바벨의 탑.
그리고… 그들의 끊임없는 견제 속에 탄생하지 못한

『용병들의 대지』

전쟁터의 가장 밑을 뒹굴던 하급 용병 아론은
이차원의 자신을 살해하고 최강을 노릴 힘을 가지게 된다.

그의 앞으로 찾아온 새로운 인생!
아론은 전설로만 전해지던
용병들의 대지를 실현시킬 수 있을 것인가!

Book Publishing CHUNGEORAM

유행이앞선자유추구
WWW.chungeoram.com

FUSION FANTASTIC STORY

텀블러 장편소설

현대 천마록

천하를 호령하고, 전 무림을 통합한
일월신교의 교주 천하랑.
사람들은 그를 천마, 혹은 혈마대제라고 불렀다.

『현대 천마록』

무공의 끝은 불로불사가 되는 것이라 생각했지만
그로서도 자연의 섭리 앞에선 어쩔 수 없었다!

'그렇게 많은 피를 흘렸음에도 불구하고
죽을 때가 되니 남는 것이 없군그래.'

거듭된 고련 끝에 천하랑의 영혼이
존재하지 않게 된 그 순간
그의 영혼은 현세에서 천마로서 눈을 뜬다!

Book Publishing CHUNGEORAM

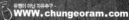

유령이 아닌 자유추구 -
WWW. chungeoram.com

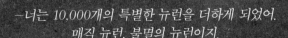